2 qm orange

Doreen Pelz

2qm Orange

Roman

„Orange als Farbe hat physikalisch gesehen eine Wellenlänge von 600 bis 640 Nanometern und eine Frequenz von 468 bis 500 Terahertz"

Rhetos Lexikon der spekulativen Philosophie

„Die Farbe Orange führt nachweislich zu einer Ausschüttung des Belohnungshormons Dopamin im Gehirn – Motivation und Lebensfreude steigen. Orange Farbtöne wirken deshalb kräftig, fröhlich, belebend und stimmungsaufhellend auf den Menschen."

Natalie Irber

Impressum

Disclaimer: Alle Ähnlichkeiten zu real existierenden Personen oder Situationen sind rein zufällig. Es handelt sich um eine fiktive Erzählung.

Impressum:

Bibliografische Information der Deutschen Nationalbibliothek: Die Deutsche Nationalbibliothek verzeichnet diese Publikation in der Deutschen Nationalbibliografie; detaillierte bibliografische Daten sind im Internet über dnb.dnb.de abrufbar.

©2023 Doreen Pelz

„Herstellung und Verlag: BoD – Books on Demand, Norderstedt"

ISBN 9783757845346

DIE KATASTROPHE ZUERST

Zeit ist das Wertvollste, was wir haben. Denn wir haben ungefähr alle die gleiche Menge davon. Es ist nur die Frage, wie und mit wem wir sie verbringen. „24 Stunden sind einfach zu wenig. Er oder sie soll bleiben können, länger. Wir müssen mehr Zeit miteinander verbringen." Klar das klingt schmalzig. Ist aber doch schon mal so wenn man verliebt ist. Jeder, der schon einmal verliebt war, hat diese Sätze zumindest irgendwie gedacht. Denn, wenn wir verknallt sind, würden wir am liebsten die Zeit anhalten. Das pure Glück, so lang es geht, genießen. Die berühmte rosarote Brille, von der immer alle reden. Mit der man sich so unsterblich und unverwundbar fühlt. Doch genau das sind wir in diesem Moment. Vor allem verwundbar. Verliebt sein heißt sich verwundbar zu machen. Ich glaube, deshalb lassen sich viele überhaupt nicht mehr auf die Liebe ein. Denn mit ihr setzen wir uns einem Sturm aus, der einmal an allem rüttelt. Wie ein Gewitter. Blitze schlagen ein und mit ein bisschen Glück brennt die Hütte dabei nicht ab.

So gehe ich zumindest an die Liebe ran. Einmal „All-In" würde man beim Poker sagt. Ich hab mal gelesen: Wer die wahre Liebe sucht, muss den Mut zur Katstrophe haben. Und alles an diesem Satz ist wahr. In der Liebe gibt es keine Garantie. Wir ziehen uns im wahrsten Sinn des Wortes, vor jemandem aus und hoffen auf ein mildes Urteil. Hoffen auf Gegenliebe. Immer in der Gefahr abgelehnt, zurückgewiesen oder als nicht gut genug bewertet zu werden. Doch die Liebe ist in diesem Moment wie ein Superheldenkostüm. Ein Umhang voller Mut. Leichtfertig lassen wir uns darauf ein.

Zumindest vor der Katastrophe sagt sich das immer so einfach dahin. Ich, Louise Flachs stecke aktuell aber mitten in der Katastrophe. Und für so ziemlich alles fehlt mir gerade der Mut. Vor allem fürs glücklich sein.

Gemeinsam mit Paul sitze ich auf dem Sofa in unserer Wohnung. Wir wohnen in Hamburgs Norden, in einer Dreizimmerwohnung, wobei ein Raum eine offene Küche mit Wohnzimmer ist. Von meiner Ecke vom Sofa aus kann ich unseren Esstisch sehen. Die Teller vom Abendessen stehen noch drauf. Einer jeweils in der Mitte der langen Seite, genau gegenüber voneinander. In der Tischmitte eine halb abgebrannte Kerze. Der Duft vom Auspusten der Flamme liegt noch in der Luft. Es ist ein Freitag, Ende Mai. Wir haben diese Woche viel gearbeitet und uns wenig oder nur kurz gesehen. Paul ist bei einer Werbeagentur angestellt, hat häufig Deadlines und sitzt bis spät in der Nacht im Büro oder am Schreibtisch. Meinen Job als freie Übersetzerin und Texterin kann ich von überall aus machen. Für eine bessere Arbeitsmoral habe ich mir seit neustem ein kleines Büro beziehungsweise einen kleinen Schreibtisch in einem Coworking-Space angemietet. Wenn Paul morgens zur Arbeit fährt, gibt er mir noch einen Kuss. Selbst wenn ich noch schlafe. In normalen Wochen sehen wir uns dann gegen 18 Uhr am Abendbrottisch wieder und berichten uns wie der Tag so war. In dieser Woche haben wir das bisher noch nicht geschafft, außer heute. Doch anders als sonst, musste ich Paul jedes Wort irgendwie aus der Nase ziehen. Und selbst dann waren es nur motzige Antworten. „Lou, das geht mir alles so sehr auf den Keks. Der Chef, das Team, einfach alles. Keiner ist mehr ehrlich und arbeitet im Team. Ich als Neuer, bin natürlich völlig außen vor. Wenn Sabbi nicht wäre, würde sich da keiner mit mir unterhalten. Und welche Leistung ich erbringe, erkennt sowieso niemand an", war eine der etwas ausführlichen Antworten. „Okay, ich frag schon nicht mehr nach", nöhle ich mindestens genauso genervt zurück. Schon wieder Sabbi, denke ich kurz und schiebe die aufkeimende Eifersucht schnell wieder weg. Wir sind seit mehreren Jahren befreundet. Durch sie hat Paul seinen Job in der Agentur überhaupt erst bekommen und wir konnten vor einem Jahr nach Hamburg ziehen. Die beiden kannten sich zu diesem Zeitpunkt noch nicht so besonders gut. Dennoch hat sie ihren Namen für ihn aufs Spiel gesetzt. Das ist ihr nicht hoch genug anzurechnen. In den letzten Monaten haben sich die beiden gemeinsam aber sehr in die Meckerei über ihre Firma hinein gesurft. Befeuern sich ständig gegenseitig nur die negativen Seiten zu sehen und nicht einmal mehr die Initiative zu ergreifen, etwas zu verändern. Häufig bin ich also in der Diskussion, was da so schiefläuft, die Böse. Weil ich Gegenvorschläge zur Problembewunderung mache. Paul und ich haben uns deshalb auch schon, dass eine oder andere Mal in die Haare bekommen. Weil er sich nicht genug unterstützt fühlt. Um heute wieder ein bisschen Frieden einkehren zu lassen und das bisschen Quality-Time, das wir haben, zu genießen habe ich nicht weiter nachgefragt und einen Filmabend mit Wein vorgeschlagen. Also ging es vom Tisch direkt auf die Couch. Hier sitzen wir nun Füße an Füße in verschiedenen Ecken des Sofas und ich habe das Gefühl, da ist mehr Raum zwischen uns, als nur die zwei Meter große Kuscheldecke. „Darf ich mich an dich kuscheln?" frage ich also ganz leise. Körperliche Nähe macht uns immer wieder friedlich. Wenn kein Zentimeter mehr zwischen uns ist, verschmelzen wir immer zu einem unbesiegbaren Team, dass wir eigentlich sind. Ich das Brain, er das Talent. Er hat das überfließende Gefühl, ich den nötigen Tatendrang. Pauls Antwort ist, die Decke nach oben zu schlagen und ein Stück in Richtung Lehne zu rutschen. Ich krieche vor ihn und versuche es mir auf der 20 cm breiten

Sitzfläche, so gemütlich wie möglich zu machen. Ich nehme seinen rechten Arm und lege ihn über mich, sodass sich Paul in meine Richtung drehen muss und wir in Löffelchenstellung zusammenliegen müssen. „Lass mal Lou. Ich sitze gerade perfekt", sagt Paul mit so viel Kühle und Distanz, dass mir das Herz in den Bauch rutscht. Mir wird richtig schlecht, als hätte er sich bei einem Kussversuch von mir weggedreht. Sein Arm liegt wie ein toter Fisch auf mir. „Ähm Paul was ist denn hier los? Hier stimmt doch irgendetwas nicht", kann ich noch sagen und springe vom Sofa auf. Wie bestellt und nicht abgeholt, stehe ich im Raum. Ich weiß nicht genau, warum ich stehe, die Wohnung auf einmal so still ist und Paul mich auf einmal nicht mehr ansehen kann. „Mmh, was ist los?" frage ich noch einmal und lege mir meine Hand auf den Brustkorb.

Um zu spüren, ob mein Herz noch schlägt, während ich wie von einem Hammer getroffen, in 1000 Teile zerfalle. „Lou setzt dich doch erst einmal wieder hin. Du bist ja ganz blass geworden." „Auf gar keinen Fall setze ich mich. Bist du nicht endlich mit der Sprache rausrückst", falle ich ihm ins Wort und im gleichen Moment werden meine Knie weich. Ich kann mich nicht bewegen. Starre auf den Teppich unter meinen Knien, während ich mich noch wundere, wie ich so nah zum Boden gekommen bin. Aber gut, dann kann man ja wenigstens nicht mehr tiefer fallen, von hier aus. „Ich will das hier alles nicht mehr. Ich habe das Gefühl, wir wollen unterschiedliche Dinge. Wir streiten uns ständig, und das muss auch irgendwie einen tieferen Sinn haben. Sabbi zum Beispiel hat auch schon gemerkt, dass bei uns irgendetwas nicht mehr rundläuft", höre ich ihn ganz dumpf sagen.

Was kommt denn jetzt? Halte ich das aus? War es was Einmaliges? Das Gefühls- und Gedankenkarussell beginnt sich so zu drehen. „Du sagst kein Wort, kein einziges Wort." unterbreche ich ihn. Was nicht ausgesprochen ist, ist nicht wahr.

Und Paul will eigentlich nichts sagen, das sehe ich ihm an. Aber er muss. Kann das Unausgesprochene nicht im Raum stehen lassen, aber ich will nichts hören. Gerade ist alles nur furchtbar. Doch mit allem, was jetzt kommt, geht alles kaputt. Mit einem Satz wird gleich mein Leben in sich zusammenfallen. Dafür muss ich noch Luft holen, die Zeit anhalten, wenn ich könnte.

„Liebst du sie?" frage ich und werde mit der Frage taub, denn ich kenne die Antwort. Es bleibt still. Als ich vom Teppich hochsehe, sehe ich Paul mit leisen Tränen auf seinen Wangen, den Kopf nicken. Er guckt in meine Richtung, aber durch mich hindurch. „Und sie weiß das, richtig?" Nicken. Und mein Bauch wird zu einem Feuerball.

„Dreckiger Mistkerl, meine Freu...", und da bleibt mir ganz kurz die Stimme im Hals stecken. Ich hole neu Luft. „Freundin. Und was hat sie gesagt?" Jetzt laufen laute Tränen über Pauls Wangen. „Ihr geht es genauso", sagt er, ganz leise, eigentlich kaum hörbar. Louise, ein und aus. Wenn du atmest, wird dein Gehirn mit Sauerstoff versorgt und du kannst noch denken, also atme. Dann kann dein Gehirn diese Informationen verarbeiten. Doch irgendwie geht das nicht. Atmen schon. Doch denken nicht. Ich starre auf den Teppich und die einzelnen gewebten Fäden an und ich überlege kurz, ob ich sie zählen soll. Das würde ein Gefühl der Ordnung schaffen. Okay, Louise, jetzt verlierst du deinen Verstand.

„Ich wünschte, es wäre alles anders, aber das ist es nicht. Und wir wollten mal ehrlich miteinander sein", höre ich mitten in der Unterhaltung mit mir selbst. „Du willst mich verarschen, oder? Redet nicht über Ehrlichkeit. Was habt ihr euch denn dabei nur gedacht? Gar nichts, oder?" sage ich und der Feuerball in meinem Bauch kommt mir vor wie ein kleiner Drache, der gleich mit nur einem Nieser alles abfackelt. Und plötzlich habe ich das Gefühl, wegrennen zu müssen. Doch gleichzeitig kann ich mich keinen Zentimeter bewegen. Auf allen Vieren kauere ich auf dem Teppich vor meinem Sofa, meinem Mann, mit dem ich eine Zukunft hatte. Und auf einmal scheint nichts davon mehr zu mir, zu meinem Leben zu gehören. Man sagt ja, wenn ein geliebter Mensch stirbt, bleibt einmal die Uhr stehen. Vielleicht gilt das auch fürs sprichwörtliche Brechen eines Herzens. In beiden Fällen bleibt die Zeit stehen. Der Schmerz wird unerträglich und scheint nie aufzuhören. Im gleichen Atemzug setzt eine Taubheit ein. Schutzfunktion des Gehirns im Schock. Das pure Überleben und Funktionieren wird wichtig, alles andere als atmen wird unwichtig. Ich nehme kaum noch wahr, was um mich herum passiert. Was Paul da gerade eigentlich erzählt. „Endlich Kinder, kein Grund mehr zu warten… nur Streit und kaum mehr Gemeinsamkeiten… fehlende Unterstützung und immer nur Probleme statt Lösungen… Ich würde gehen, wenn du das willst." Offenbar muss ich genickt haben.

Starre aber eigentlich nur auf die Fussel auf dem Teppich. Atmen, ein und aus. Schön langsam nicht hyperventilieren, keine Panikattacke riskieren. Ich höre, wie im Schlafzimmer Schranktüren geöffnet, Taschen gepackt und Schranktüren geschlossen werden. Paul muss aufgestanden sein. Wann? Wie spät ist es? Ach, das spielt ja eigentlich keine Rolle. Vorhin, als alles irgendwie noch in Ordnung war, ist vorbei. Paul und Louise sind vorbei.

„Du, ich bin jetzt erst einmal weg. Wenn was ist, rufst du an, ja? Morgen bin ich wieder hier und wir reden in Ruhe, wie wir alles machen", sagt Paul und steht auf einmal wieder hinter mir.

Aus mir kommt ein merkwürdiges, hysterisches Lachen. „In wessen Film bin ich denn hier wieder gelandet? Louise Flachs verliert den Verstand, produziert von dem Universum, das heute einen schlechten Tag hat", sage ich mehr zu mir selbst als zu Paul.

„Bis morgen", sagt er recht leise und kleinlaut. Und dann fällt auch schon die Wohnungstür ins Schloss. Es wird ganz still. So still, dass ganz leise das Ticken der Wanduhr aus der Küche zu hören ist. Die Welt dreht sich also noch. Mein Herz ist nicht stehengeblieben. Tickt nur etwas leiser vor sich hin. Aber immerhin.

Mit einem Mal bin ich völlig erschöpft. Krieche aufs Sofa unter die Decke und schließe die Augen. Mein Kopf fährt Karussell. Tausend Gedanken mit einem Mal. Das bekomme ich jetzt überhaupt nicht sortiert. Kriege ich das überhaupt hin? Dieses ticken. Der Rhythmus beruhigt, bringt Ordnung ins Chaos. Eine Minute nach der anderen tick, tack, tick, tack.

Als das Ticken der Uhr nicht mehr als Geräusch gegen die Stille reicht, schalte ich den Fernseher wieder ein. Ohne mich für 5 Minuten auch nur auf irgendetwas konzentrieren zu können, zappe ich von einem Kanal zum nächsten. ‚Niemand geht erhobenen Hauptes aus einer Krise hervor, die meisten kriechen auf allen Vieren', erzählt irgendwer in einer Promi-Talkshow. Tolle Aussichten. Mit der Fernbedienung in der Hand schlafe ich irgendwann ein, träume wild und ohne Sinn. Ich zünde Möbelstücke an, zerstöre Einrichtungs-gegenstände in blinder Wut. Ein hämisches Lachen begleitet meinen Zerstörungswahn. Gegen 04:30 Uhr gebe ich das mit dem Schlafen auf. Nicht erholt oder ausgeruht, aber wach und irgendwie noch am Leben. Bei dem Gedanken läuft eine Träne die Wange runter. Die erste. Stimmt. Bisher habe ich überhaupt nicht geweint. Doch mit der einen Träne sind die Schleusen auf und es gibt kein Halten mehr. Ohne wirklich etwas erkennen zu können, tippe ich auf meinem Handy rum und wähle die Nummer von Eva. Sie ist seit 20 Jahren meine beste Freundin. Nach fünfmal klingeln ist sie dran. „Was ist denn los?" fragt sie schlaftrunken. „Er ist weg. Paul. Eva, er hat mich verlassen", schluchze ich. Mit jedem laut ausgesprochenem Wort tut es mehr weh. Und so erzähle ich unter Schmerzen, was in den letzten zehn Stunden passiert ist.

ENTE IM JUNI

Ich sitze im Garten meines Bruders in Branden-
burg. Ben bringt zusammen mit seinem Mann
Jan meinen Neffen ins Bett. Ich pendle mich
währenddessen auf einer Kinderschaukel mit
vollgefressenem Bauch ein. Wir hatten Ente
zum Abendessen, an einem 28 Grad heißen
Montag im Juni.

„Komm einfach her, Lou. Wir freuen uns immer,
wenn du da bist. Und Seppi hat seine Tante ja
auch schon seit Weihnachten nicht mehr gesehen", hat mein Bruder geantwortet, als ich ihn
vor zwei Tagen todestraurig angerufen habe.
„Mir fällt in der Wohnung einfach die Decke auf
den Kopf. Ich kann nicht mehr atmen. Paul ist
weg. Für immer." Damit hatte ich meinen

Besuch angekündigt. Wunderbar wie Ben und Jan sind, stellen sie mir keine Fragen. Wenn ich erzählen will, erzähle ich. Bisher habe ich viel geschwiegen. Bin einfach nur da.

Heute Vormittag waren wir für einen Spaziergang am See ganz in der Nähe. Die coole Tante Lou sollte Seppi zeigen, wie man Steine auf dem Wasser springen lässt. „Wir brauchen nur runde stf..Steine?", wollte Seppi von mir wissen. Wenn er mit seinen fünf Jahren doll aufgeregt ist, stottert er ein bisschen. Das passt ganz bezaubernd zu seiner Zahnlücke, die er unten zwischen den Schneidezähnen hat. Auch sonst ist er zuckersüß mit seiner kleinen spitzen Nase und den großen braunen Augen und den verzottelten blonden Locken. Er wollte in einer weiß-blauen gekringelten Unterhose und einem orangenen Unterhemd los. „Es ist heiß und er kommt sowieso klitschnass wieder", hat Jan das Outfit lässig kommentiert.

„Es ist egal, welche Formen die Steine haben. Wir können alle nehmen. Guck, es kommt nur darauf an, wie man wirft", sage ich in Seppis Richtung und lasse mit voller Wucht einen ersten Stein flitschen. Leider hatte ich überhaupt nicht auf den See und das Schilf geguckt, aus dem gerade ein Erpel geschwommen kam. Mit einem sehr unangenehmen Geräusch, als würde ein Gummihammer auf einen Baumstamm schlagen, trifft der Stein den Entenmann am Kopf. Seppi steht mit offenem Mund, ausgestrecktem Finger und weit aufgerissenen Augen zwei Meter neben mir am Seestrand und wir beobachten gemeinsam, wie die Ente augenblicklich den Kopf ins Wasser hängen lässt. „Ist, ist die Ente tot?" stottert Seppi ganz erschrocken.

„Hm, keine Ah…", weiter komme ich nicht. Denn plötzlich fängt der angeschlagene Vogel mit seinen Flügeln an in unsere Richtung zu paddeln, immer noch mit dem Kopf im Wasser. „Seppi. Die Ente kühlt erst mal nur den Kopf. Das gibt bestimmt eine dicke Beule, sowie wir Menschen sie haben, wenn wir uns den Kopf anstoßen", lüge ich und stammle vor mich hin. Keinen Meter vor uns ist Schluss mit Paddeln. Langsam treibt die das Tier mit dem Schwänzchen in der Luft, wie ein Korken im Wasser. Weil es mir unendlich peinlich war und ich Seppi erklärt habe, dass wir der Ente zu Hause jetzt ganz schnell helfen müssen, habe ich den Vogel aus dem Wasser gefischt und mit ins Haus meines Bruders gebracht. Ben ist Koch und hat kurzerhand beschlossen: wir essen Entenbraten mit Tante Lou. Wie an Weihnachten.

Während der ganzen Vor-bereitung mussten wir Erwachsenen uns sehr zusammenreißen, um nicht laut loszuprusten vor Lachen. Denn Seppis Beschreibung der Geschichte war kurz und knapp: Tante Lou hat uns einen Vogel ge-jagt und hat dafür noch nicht mal eine Stein-schleuder gebraucht. Insgeheim hoffen wir alle, dass er die Geschichte so nicht irgendwann im Kindergarten erzählt.

„Er hat gefragt, warum Paul nicht mitgekom-men ist", sagt Ben leise. Ich zucke kurz auf mei-ner Schaukel zusammen. „Entschuldige, bitte, ich wollte dich nicht erschrecken hier. Der ist für dich." Er hält mir eine Tasse Espresso hin. „Deine Ente liegt doch ein bisschen schwer im Magen, bei den Temperaturen. Aber gut gejagt Lou, wirklich." legt Ben noch nach und hat ein breites Grinsen im Gesicht. „Was hast du denn wegen Paul gesagt?" frage ich nach und nippe an der kleinen Tasse. „Dass ihr euch gestritten habt und du deshalb allein auf Besuch bist. Und dass ich zum warum nichts sagen kann, weil ich es nicht weiß." Während er das sagt, schiebt er mich ganz leicht mit der Schaukel an. Wie wir das als Kinder schon immer gemacht haben. Ben musste immer anschieben, auch wenn er ein paar Jahre älter ist. Seine kleine Schwester hat er schon immer so sehr geliebt, dass er alles mitgemacht hat, was ich wollte. Damit hat er sich oft auch Ärger eingehandelt, weil meine Entscheidungen auch früher nicht immer die Besten waren. „Erzählst du, was passiert ist? Du musst nicht. Jan räumt aber drinnen noch eine Weile das Schlachtfeld in der Küche auf. Muss sogar noch ein paar gerupfte Federn aufsaugen. Also wir hätten ein bisschen Zeit", hakt Ben ganz liebevoll nach. In seiner Stimme ist keine Neugier, sondern reine Besorgnis um mich. „Das tut so weh. Paul ist gegangen. Zu Sabbi meiner Freundin. Sie arbeiten ja auch zusammen und dort müssen sie irgendwie alles schon ausgemacht haben. Oder was auch immer da gelaufen ist", fange ich irgendwie an und trinke meine Tasse aus. „Ich bin so wütend und enttäuscht. Und dass die beiden hinter meinem Rücken alles ausgemacht haben. Und bei all dem komme ich mir so dämlich vor. Sehenden Auges habe ich das ja irgendwie alles passieren lassen. Wie kann man nur so blöde sein?" Und damit schießen mir die Tränen in die Augen. Sofort hält Ben die Schaukel von hinten an und mich fest. „Sch… scht so ein Quatsch. Du musst dir für nix die Schuld geben." Ich kann mich und meine Emotionen nicht mehr bremsen. Fange an zu schluchzen und zu heulen. „Ich habe mich selbst ersetzen lassen. Er hat sich ein neues Leben längst aufgebaut. Und ich dachte immer noch ich bin Teil dessen. Es ist, als hätte ich Gift geschluckt. Aus Wut, Schmerz, Traurigkeit und Hoffnungslosigkeit" gebe ich ein bisschen theatralisch von mir. Ben hält mich einfach nur fest, mit beiden Armen um meine Brust. Sein Kopf fliegt auf meiner Schulter. „Lou das tut mir alles so leid. Ich verprügle ihn, wenn du willst", flüstert mein zauberhafter Bruder, der sich noch nie in seinem Leben geprügelt hat. „Meine Gedanken drehen sich einfach nur im Kreis. Hätte ich was tun sollen, müsste ich kämpfen. Ich bin irgendwie so ins offene Messer gelaufen, eigentlich in zwei", schluchze ich leise vor mich hin. Sehen kann ich nichts mehr. Meine Augen sind ein Tränenschleier. Mein Bauch ist wieder dieser riesige Feuerball, den ich seit Tagen habe. „Sagt mal hast du denn irgendwas geahnt?" „Das ist eine gute Frage. Irgendwie ja. Sie war häufiger Gesprächsthema bei uns zuhause. Aber ich dachte, das geht da nur um die Arbeit. Paul hat sie oft zu Rate gezogen, wenn es um Probleme ging. Und mir dann erzählt, dass sie seiner Meinung ist." „Und was hast du dazu gesagt?" „Klar, habe ich gefragt, ob Ihre Meinung jetzt wichtiger ist als meine, irgendwann im Streit. Er hat dazu nur gesagt ich solle mich nicht so haben und nicht eifersüchtig sein. Aber vor ein paar Jahren hatte mir Paul aus dem Nichts heraus einen One-Night-Stand gestanden. In einem Moment, als ich dachte, er fragt mich, ob ich ihn heiraten will. Und das Bauchgefühl war damals ähnlich. Doch er hat gesagt, ich spinne. Alles war immer meine Schuld. Mein zu viel." erzähle ich und fange ich mich langsam wieder. Ich genieße den buchstäblichen Halt meines großen Bruders. „Entschuldige bitte den Ausdruck, aber Paul ist ein riesiges, feiges Arschloch." Ich muss lachen, und mir läuft Rotz aus der Nase. „Hast du ein Taschentuch", fange ich an und schon habe ich eins in der Hand. Praktisch, so ein Familienvater hat immer alles am Mann. „Du kannst dich auch mit Eva zusammentun", schnaube ich kräftig einmal und eklig aus. „Sie hat noch Hurensohn in petto. Und das war noch eins von den harmlosen Beschimpfungen, die sie von sich gegeben hat". „Sehr gute Frau, deine Eva", sagt Ben und gibt mir einen Kuss auf den Kopf. „Komm, wir trinkenden Schnaps. Jägermeister wie früher", bestimmt er, lässt mich los und geht ins Haus.

Mit Eva habe ich schon viele Katastrophen erlebt. Wir kennen uns seit vielen Jahren. Beim Studium hat es geklickt und seitdem hab ich das Gefühl auch noch eine Schwester zu haben. Selbst wenn wir uns ewig nicht hören, immer wenn die Achterbahn wieder losrollt, ist sie da. Mein Fels. Und Halt kann ich jetzt ganz dringend gebrauchen. Denn ich weiß nicht, was ich jetzt machen soll. Was der nächste Schritt ist und ob ich den überhaupt machen kann. Will. Und wohin überhaupt. Der Schnaps, den Ben und Jan mit nach draußen bringen, hilft. Nach der halben Flasche, die wir in den nächsten Stunden leeren, sogar so sehr, dass ich noch auf der Gartenbank einschlafe.

SONNENAUFGANG

Warum bilden bei einem Sonnenaufgang häufig an der Stelle, an der die Sonne ihre ersten Strahlen über den Horizont schick, die Wolken einen Trichter in den Himmel? Wie rosa-orange gefärbter Marmor sieht dieses Wolkengebilde aus. Das faszinierende an diesem Wolken-konstrukt ist, dass es häufig die einzigen 100 Schäfchenwolken die am ganzen Himmel zu sehen sind. Als würde die Sonne sie anziehen, reihen sie sich in Richtung Osten ein. Ist die Sonne dann richtig aufgegangen, sind alle Wolken und Farben weg, aufgelöst. Ich komme mir irgendwie vor wie eine dieser Wolken. Angezogen von einer Erscheinung namens Paul, eine von vielen Wolken, die versucht bei ihm zu sein. Seit der

Trennung konnte ich fast jeden Morgen das Schauspiel, das in der Schlange stehen der dummen Schäfchenwolken beobachten. Denn ich kann nicht mehr richtig schlafen. Noch nie in meinem Leben, ist mir schlafen so schwergefallen. Sobald ich träume, von Paul träume, schrecke ich hoch, sozusagen bevor etwas Schlimmeres passiert. Und dann bin ich wach. Jeden Morgen um 04:20 Uhr schaue ich auf den Wecker. Instinktiv springt auch mein Stalker Mechanismus an. Minutenlang starre ich auf das Handydisplay bei geöffneter Messenger App. Weil die Privatsphäreneinstellung nicht auf Heimlich-Tuer-Modus gestellt ist, kann ich sehen, dass Sabbi ebenfalls wach und online ist. Jeden Morgen um 04:20Uhr. Zufall? Kann sie auch nicht schlafen? Aber warum? Ihr Leben sollte doch glücklich sein. Und glückliche Menschen schlafen doch angeblich immer gut.

Bis sich in Bens Haus etwas regt, Seppi wach wird, vergehen drei quälende Stunden. Als ich schon glaube, dass mein Kopf platzt und mir die Brust zerspringt. So gut der Schnaps am Abend war, so elend fühle ich mich jetzt am Morgen danach. Die Sentimentalität und das depressive Tiefe haben sich noch einmal hundertfach multipliziert. Also sitze ich mit roten tränengefüllten Augen am Frühstückstisch und halte mich an meinem Kaffee fest. „Dir ist heute noch nicht nach Essen, was?", fragt Jan mit einem sanften Lächeln im Gesicht und weiß eigentlich schon, dass ich nur den Kopf schütteln werde. „Wenn du willst, kannst du nachher mit mir und Seppi auf den Spielplatz gehen. Aber du kannst auch bei deinem Bruder bleiben und irgendwas langweiliges im Garten machen", sagt er dann mehr in Seppis Richtung und macht dabei eine Grimasse. Aber auch das liegt daran, dass er meine Antwort schon kennt. „Langweiliger Garten. Wir gehen auf einen Spielplatz", quietscht mein Neffe ganz vergnügt mit seinem Marmelade verschmierten Mund. Eine halbe Stunde später stehe ich in Flip-Flops, Shorts, einem Top und Handschuhen im Bohnenbeet und ziehe Unkraut. „Wie geht es denn jetzt weiter, Schwesterherz? Was passiert, wenn du zurück nach Hamburg kommst?" „Tja, wenn ich das wüsste", murmle ich den Bohnenpflanzen zu und hebe meinen Kopf nicht. „Bevor ich hierhergekommen bin, habe ich Paul noch geschrieben, er hat drei Tage Zeit, seine Sachen zu holen. Also nicht nur seine Klamotten, sondern alles, was er für seinen Alltag braucht. Dann habe ich seine Nummer gesperrt." Ben steht inzwischen neben mir und wirft einen riesigen Schatten auf die Erde. „Wenn du weiter so an den Pflanzen ziehst, kann ich dir auch gleich einen Spaten geben. Zum umgraben. Die Pflanzen können nämlich nichts dafür", maßregelt er mich. „Es tut mir leid, aber das ist auch alles eine Riesenscheiße. Ich will nicht, dass mein Leben sich auf einmal auf den Kopf stellt, das ich abhauen muss, damit er die Bude ausräumen kann. Nichts davon will ich." Ich muss schon wieder weinen und ich lasse mich mit meinem Hintern ins Bett fallen. Mit den dreckigen Gartenhandschuhen wische ich mir die Tränen weg und einmal über die Nase. „Ach Lou", sagt Ben und lässt sich neben mich plumpsen. Aus der Hosentasche seiner Shorts hat er schon wieder eine Packung Taschentücher rausgefischt und reicht sie mir rüber. „Du hast vollkommen Recht. Das ist eine Riesenscheiße. Aber bei all dem, was du gestern Abend erzählt hast, kannst du froh sein, dass er weg ist. Paul hat dich nicht besonders gut behandelt. Sich wie ein Narzisst verhalten. Und so einen brauchst du nicht. Dass er jetzt schon seinen Kram holt, ist gut. Dann ist alles erstmal weg und du kannst in Ruhe heilen. Und so wie ich meine kleine Furie von Schwester kenne, ist es auch ganz gut, dass die Sachen wegkommen. Bevor du sie auf die Straße stellst und anzündest." Ich muss lachen, auch wenn ich mich über die Furie ein kleines bisschen ärgere. Recht hat er trotzdem. „Ich bin so wütend, dass ich alles nur kurz und klein hacken könnte", muss ich eingestehen. „Klasse, da ist doch noch Energie drin. Lou", sagt Ben im Aufstehen. Er putzt sich die trockene Erde von seinem Hintern ab und reicht mir seine Hand. „Dann nutzen wir jetzt mal die Zeit beim Unkraut ziehen und denken über einen ganz wunder-baren Racheplan nach". „Zählt, umbringen und es wie einen Unfall aussehen lassen, auch dazu?" frage ich und lasse mich von ihm am Arm nach oben ziehen. „Klar, aber ich bin mir sicher, da fällt uns auch noch besseres ein."

Zwei Eimer voller Löwenzahn, drei Lachanfällen und ein halbes Bier in der brandenburgischen Mittagssonne später, stehen die Ideen. Eine Todesanzeige in eine Hamburger Tageszeitung zu setzen, ist auf Platz eins unserer Rache Top 3. Auf Platz zwei steht, von Ben vorgeschlagen, mit Nutella beschmiert, weiße Unterhosen auf die Wäscheleine auf den Balkon zuhängen, sodass jeder denkt, Paul hätte arge Magen-Darm-Probleme. Und Platz drei ist von mir:

echte Hundescheiße an die Türgriff seines Autos schmieren.

Und Ben hat Recht. Paul hat mich in den vergangenen Monaten schlecht behandelt oder anders gesagt eigentlich ignoriert. „Alibimäßig wurde ich zu meiner Meinung befragt. Meine Antwort wurde aber überhört. Was ich gern machen würde. Meine Antwort wurde überhört. Ob ich auf dieses oder jenes Lust hätte? Meine Antwort wurde überhört. Jetzt könnte man schnell schlussfolgern vielleicht warst du einfach zu leise Louise. Möglich. Im Grunde ist es aber so, ich habe schon nachgegeben, wollte keinen Streit, keine Diskussion, sondern einfach nur meine Ruhe. Zum Beispiel haben Paul und ich in den vergangenen Jahren immer mal wieder über Kinder gesprochen. Dass wir gemeinsam welche haben wollen, stand nie zur Debatte.

Dafür aber wann. Das es mein Körper ist und ich entscheiden möchte, wann und ob ich schwanger werden will, wurde zur Generaldebatte", habe ich Ben erzählt. Jetzt mit Anfang 30 seien meine Jahre, ich könnte doch jederzeit wieder in meinen Beruf einsteigen, verfolge ja keine Karriere. Er verdiene genügend Geld, um die Familie zu ernähren. „Ein Übergriff und eine Frechheit sonders gleichen, eigentlich", schließe ich den kleinen Wut-ausbruch ab und trinke die zweite Hälfte von meinem Bier auf ex aus. Und da ist es wieder, dieses bescheuerte ‚eigentlich'. Denn genau das hat mich davon abgehalten, im Klartext zu sagen, dass es verdammt noch mal meine Entscheidung sein sollte. Doch dank des ‚eigentlich' war ich überzeugt, einen Kompromiss machen zu müssen. Ben schaut mich mit einem sehr ernsten Blick und hoch gezogenen

Augenbrauen an. „Das Thema Kinder steht auf einem ganz anderen Blatt Lou. Du hättest einfach sagen können, was Phase ist." Ich zucke einfach nur mit den Achseln. „Scheint ja gut gewesen zu sein, dass ich die Wahrheit nicht gesagt habe. War ja offenbar sowieso nicht der Richtige. Und Mitleid brauche ich nicht." Mein Kopf ist wie in Watte gepackt. Das Bier hat mir schnell einen kleinen Schwips verpasst. „Richtig zugehört hätte er auch nicht. Also was mache ich jetzt mit dem Scherbenhaufen? Langsam zusammenkehren und Stück für Stück wieder zusammensetzen."

„Jungs, ich bin euch wahnsinnig dankbar für alles. Ich denke aber, ich muss morgen wieder nach Hamburg fahren", verkünde ich beim Stullenabendbrot. Mein Bruder und Jan schauen mich überrascht an. Ich glaube, die Aussage kam jetzt überraschend. Immerhin ging es im Gespräch mit Seppi eben noch um Dinosaurier, Schleim oder irgendetwas Ähnliches. Ich habe nicht richtig zugehört, sondern auf meine Käseschnitte gestarrt und ein Radieschen mit einer Gabel von links nach rechts auf meinem Holzbrettchen gerollt. „Du kannst bleiben, solange du willst. Das weißt du. Und vielleicht ist es ja auch gar nicht so schlecht, jetzt erst mal noch nicht wieder allein zuhause zu sein", antwortet Jan als Erster und streckt seine Hand quer über den Tisch nach meiner aus. „Ich mache dir auch jeden Tag Ente", legt Ben nach und alle am Tisch müssen grinsen. Es ist so rührend, welche Sorgen sie sich um mich machen, weshalb mir schon wieder die Tränen in die Augen schießen. „Schon gut, ich kann vor dem ganzen

Schlamassel ja sowieso nicht weglaufen. Da muss ich, glaube ich, jetzt einmal durch. Auch wenn ich noch nicht genau weiß wie", sage ich schnell und versuche, dabei zu lächeln, obwohl ich die Nase hochziehen. „Ich denke, ich werde mir auch professionelle Unterstützung suchen. Einen Therapeuten. Ich muss rausfinden, wie ich hier gelandet bin." „Woas, ist ein Pfarrapeut?" fragt Seppi, der zwei Radieschen gleichzeitig in seinen kleinen Mund gesteckt hat. „Ein Dinosaurier?"

Wir Erwachsenen müssen wie auf Kommando losprusten. Wie einfach doch die Welt mit einem kleinen Kinderherzen wäre. Jeder braucht einfach nur seinen persönlichen Dinosaurier. Und schon wäre die Welt wieder in Butter. Ich wische mir eine Träne aus dem Augenwinkel. „Wenn du magst, lese ich dir dann gleich noch zum

Einschlafen eine Dinosauriergeschichte vor."

Klar blöde Frage, Tante Lou soll. Danach packe ich meine Sachen zusammen und sitze am nächsten Morgen im Zug zurück in mein neues Leben. Die richtigen Waffen dafür habe ich nicht im Gepäck. Aber einen Termin bei einem Psychologen namens Kraus. Wenn ich sehr spontan wäre, hätte er am Abend 19 Uhr noch eine Stunde Zeit für mich. „Spontan und verzweifelt", habe ich darauf geantwortet. Herr Kraus gab mir noch seine Adresse und wir verabredeten uns.

DIE WOHNUNG

Mein Herz schlägt bis zum Hals, als ich die Wohnungstür aufschließe. Auf dem Flurfußboden liegt ein A5 großer Zettel, geschrieben von Paul. Als ich den Blick vom Boden nach oben in den Raum und an die Wände richtet, trifft mich der Schlag. Alles ist weg. Die Wände sind leer, Möbel sind aus oder weggeräumt. Ich schließe die Tür hinter mir und setze mich zu dem Zettel auf den Boden. Die Tür vom Schlafzimmer steht offen, sodass ich sehen kann, dass das Bett auch nicht mehr dasteht. Bilder sind von den Wänden abgenommen, sogar Lampen sind abmontiert. Okay, auf diesem Zettel wird es eine vernünftige Erklärung dafür geben, versuche ich meinem Verstand zu sagen und nehme den Zettel hoch.

„Liebe Lou, ich erreiche dich nicht übers Handy. Hast du meine Nummer blockiert? Musst du nicht" steht da. Aha, noch einen bescheuerten Gegenvorschlag, der Herr? *„Der Auszug kam jetzt ganz schön überraschend für mich. Aber ich hoffe, ich habe alles zu deiner Zufriedenheit gemacht."* Plötzlich ja, genau wie die Aussage, dass du mich nicht mehr liebst. Was bleibt mir denn anderes übrig? Abzuwarten bist du dich entschieden hast, was du machen willst, vielleicht sogar mit Sabbi hier einziehen und mich dann vor die Tür setzen? *„Hätte mir gewünscht, dass wir gemeinsam in Ruhe besprechen, wie es in Zukunft aussehen soll."* Warum sollten wir das? Es gibt doch auch keine gemeinsame Zukunft. *„Aber, Ich kann auch verstehen, dass du jetzt nicht unbedingt mit mir reden*

willst. Ich respektiere das. Melde dich bitte, wenn du trotzdem etwas brauchst oder ich etwas mitgenommen habe, was eigentlich dir gehört. Paul"

Mit offenem Mund starre ich auf den Zettel in meinen Händen, den ich langsam zerknülle. Ich starre an die leere Wand vor mir, an der noch vor einigen Tagen ein Schuhregal und eine einfache schwarze Garderobenleiste, mit Haken und Jacken daran angebracht war. Jetzt sind dann nur noch Löcher in der Raufasertapete und zwei blaue Säcke „Schuhe und Jacken" steht drauf.

Hurensohn und danke, Eva für diesen Begriff. Konnte es ja anscheinend wirklich nicht abwarten, seine sieben Sachen zu packen und abzuhauen. Bei einem kurzen Rundgang, der sich anfühlt wie eine Inspektion in einem Hotel, zeigt sich in allen drei weiteren Räumen der

Wohnung das gleiche Bild. Offenbar bin ich nun noch im Besitz einer unbequemen Schlafcouch für eine Person, zwei Bücherregalen, einem Esstisch und zwei Stühlen. Ach ja, und der Kleiderschrank, der einen beim ab- und aufbauend zum Wahnsinn treibt, weil die Einbauleiste klemmt, der ist auch noch da. Immer noch fassungslos über den Anblick, der sich in diesen vier Wänden bietet, gieße ich mir ein Glas Wasser ein und setze mich auf einen meiner zwei Stühle. In Hollywood-Filmen zieht sich der Mann, der seine Ehefrau betrogen und verlassen hat, doch immer generös zurück, überlässt ihr irgendwie alles. Im echten Leben scheint es nicht so zu sein.

Keine Ahnung, wie lang ich mit dem leeren Blick am leeren Tisch in meiner leeren Wohnung sitze. Das Glas Wasser habe ich nicht angerührt.

„Shit, wie spätestens ist es eigentlich", sage ich

laut und schaue an die Wand Richtung der billigen Ikea Küchenuhr. Überraschenderweise ist das drei Euro Teil noch da. 18 Uhr. Ich muss los, denn die Praxis von Herrn Kraus ist einmal quer durch die Stadt in Wandsbek. Dort kenne ich mich so null Komma null aus und weiß eigentlich auch noch gar nicht, wie ich da hinkomme mit den Öffis. Abgehetzt, schwitzend und völlig zerzaust, drücke ich dann die Klingel der Praxis von Therapeuten und Coach K.

SITZUNG 1 - AM BESTEN OHNE VERGANGENHEIT

Es ist nicht so schwer wie immer alle sagen, einem wildfremden Menschen sein Herz auszuschütten. Herr Kraus hat mich freundlich empfangen, mir einen Kaffee angeboten und mich gebeten, mir einen Platz auszusuchen. Zur Wahl stehen: ein Sofa, natürlich, zwei sich gegenüberstehende Schwingstühle und ungefähr sechs weitere Sitzplätze rund um einen großen Konferenztisch. Für eine Millisekunde denke ich darüber nach, ob meine Sitzplatzwahl wohl schon etwas darüber meinen Geisteszustand verrät. Selbst wenn, denke ich mir und setze mich einfach aufs Sofa. Das ich einen an der Scheibe habe, sollte ihm schon klar sein, sonst wäre ich ja nicht hier. „Ah, wie ungewöhnlich. Kaum einer meiner Klienten setzt sich dorthin", bemerkt Herr Kraus und reicht mir eine Barbie Tasse voll mit schwarzem Kaffee. „Wenn schon beim Seelenklempner, dann richtig. Oh! Und das ist doch eine interessante Tasse, die Sie mir da gegeben haben", gebe ich flapsig zurück. Damit ist von meiner Seite aus das Eis gebrochen, denn er lacht herzhaft und erklärt, seine Kinder hätten die aus einer ihrer WGs in seinen Praxis Schrank gebracht. „Das klingt ja alles sehr dramatisch bei Ihnen," geht Herr Kraus zum seriösen Teil unseres Treffens über. In drei Sätzen fasse ich die Ereignisse recht sachlich zusammen. Will ja nicht gleich in den ersten fünf Minuten anfangen mit heulen. „Mein Freund hat mich verlassen, für eine gute Freundin von mir. Und jetzt klingelt die Traurigkeit permanent wie Übelkeit am Zäpfchen. Ich habe keine Ahnung, wie mein Leben weitergehen soll."

Es folgt eine Weile schweigen.

„Als Kind habe ich im Winter oft zusammen mit meinem Vater Biathlon im Fernsehen geguckt. Irgendwer hat dort einmal in einem Interview erzählt, dass die Sportler vor dem Schießen kurz die Luft anhalten, um sich zu beruhigen und um den Körper etwas runterzufahren. Um nicht zu zittern, wenn es drauf ankommt. Seitdem mache ich auch das ganz häufig in meinem Leben. Ich halte die Luft an, wenn es brenzlig wird. Wenn ich die Ruhe bewahren muss. Hab ich vor ihrer Tür auch eben gemacht." Herr Kraus macht sich Notizen und sagt kein Wort.

„Paul hat das irgendwann mal mitbekommen, als ich nach einer körperlichen Anstrengung. Keine Ahnung, was wir vorher gemacht haben.

Joggen oder eine Waschmaschine tragen, was weiß ich. Ich sollte auf jeden Fall die Wohnungstür aufschließen. Und dann habe ich beim Schlüssel ins Schlüsselloch stecken, plötzlich aufgehört zu atmen. Mein ganzer Körper hat vor Erschöpfung gezittert, und damit war das klitzekleine Loch überhaupt gar nicht einfach zu treffen. "Herr Gott, was machst du da? Willst du umkippen oder ohnmächtig werden", hatte Paul dann von hinten gemotzt. „Du kannst du nicht, wenn du so k.o. bist, die Luft auch noch anhalten. Dein Körper braucht jetzt Sauerstoff." Damit hat er seiner Meinung nach Sorge ausdrücken wollen. Typischer Satz: Das kannst du doch nicht. Gleichzeitig meint er aber auch noch, ich solle doch jetzt endlich mal hinne machen und mich mit dem Schlüssel beeilen. Und jetzt erinnere mich auch, dass er dabei auf einer

Waschmaschine gelehnt vor mir stand, die wir in den zweiten Stock getragen haben. Die Erklärung, dass das mit dem Luftanhalten doch auch die Biathleten machen, um besser treffen zu können, hatte er dann nur noch mit „Das doch absolut bescheuert" unterbrochen und selbst weiter nach den nach Luft geschnappt."

Das Beste am „neue Leute kennenlernen" ist, dass man nicht erzählen muss, was war. Es ist eine Begegnung ohne Vergangenheit. Das fühlt sich vor allem in so schweren Zeiten super an. Dann ist es so, als könnte man den ganzen eigenen Scheiß mal kurz vergessen oder so tun, als wäre er nicht da. Freunde und Familie sehen ein manchmal sofort an, dass irgendetwas nicht in Ordnung ist. Fremde können das nicht. Ich glaube, auch deshalb fühlt sich ein One-Night-Stand oder der Beginn einer neuen Freundschaft oder der neue Therapeut so gut an. Ich trinke einen Schluck kalten Kaffee.

„Wissen Sie, ich halte gerade ziemlich häufig die Luft an." Herr Kraus kommentiert das alles nur mit einem Brummen und macht sich weiter Notizen in einem kleinen blauen Buch. Das ich nicht schlafen kann, erzähle ich, wohin ich mit Paul überall gezogen bin. Dass er mich an meinem Geburtstag, Weihnachten und Silvester allein gelassen hat und wie eigentlich die Freundschaften zu Sabbi vor Jahren entstanden ist. Zwischendurch weine und schluchze ich, schlage aber auch mal wütend auf eins der Sofakissen neben mir ein. Nach eineinhalb Stunden unterbricht Herr Kraus mich mit dem Hinweis, dass wir langsam zum Ende kommen müssten und dass das doch ein super Gespräch gewesen ist. Zum besseren schlafen soll ich mir ein pflanzliches Vitamin D Beruhigungsmittel aus der Apotheke besorgen und in der kommenden Woche zur selben Zeit wiederkommen. Als sich wieder an der Luft bin, atme ich tief ein und aus. Ein Gespräch war das ja nicht. Und trotzdem fühlt sich mein Herz für einen Moment etwas leichter ist.

DAS DREIECK

Das Dreieck ist ja eigentlich keine schöne Form. Spitz, eckig und irgendwie schreit es Achtung. Auf diese Signale hätte ich mal hören sollen.

Am Anfang unserer Beziehung hatten wir uns zum Beispiel mal auf ein Experiment mit einer Frau eingelassen. Sie war bildschön, aber nicht besonders klug. Paul schien das besonders gut zu gefallen. Tasha war 1,75m groß, sehr schlank, große Brüste und aufgespritzte Lippen, strahlend grüne Augen und schwarz gefärbte Haare. Der Abend und die Nacht mit ihr waren aufregend und irgendwie auch schön. Wie immer ist man natürlich von Pornos geblendet. Realer Sex funktioniert natürlich nicht so. Tasha und Paul wirkten etwas geübt. War ja auch nicht deren erste Menage a troi. Schon damals kam ich mir vor wie eine Außenseiterin. Obwohl ich doch mittendrin war. Auch in Freundschaften hab ich mich öfter schon in Dreiecke begeben. Nie ist es bisher gut ausgegangen.

Wahrscheinlich liegt es an mir. Ich kann zwar teilen, aber leicht fällt es mir nicht. Zumindest nicht, wenn ich das Gefühl habe, dass nicht jeder den gleichen Teil bekommt.

In meiner Beziehung mit Paul habe ich häufig den Kürzeren gezogen. Freiwillig keine Frage. Für den Frieden. Weil man doch Kompromisse macht in einer Beziehung. Und das Glück des anderen doch fast ein bisschen wichtiger ist als das eigene. Zum Beispiel habe ich oft einen Orgasmus vorgespielt. So wenig selbstbewusst, um zu sagen, dass mir dieses oder jenes eigentlich viel besser gefällt.

Es wäre dann so abgelaufen: ich sage mir gefällt diese oder jenes nicht. Zuerst ist der Partner dann gekränkt, glaubt nicht genug zu sein. Was by the way völliger Quatsch ist. Mein Partner hätte im Laufe des Gesprächs vermutlich den Spieß umgedreht. Mit mir würde irgendwas nicht stimmen, ich sei selbst daran schuld.

Bin ich daran schuld, dass meine Beziehung an einem Dreieck gescheitert ist? Vielleicht. Ich habe Paul mit Sabbi bekannt gemacht. Nichts dagegen gesagt, dass er mit ihr mehr Zeit verbracht hat als mit mir. Das könnte ein Fehler gewesen sein. Anderseits muss man Partner doch auch vertrauen können, oder nicht?

Und am Ende wurde aus meiner Sicht wieder ungerecht geteilt. In dem ich leer ausgegangen bin.

„Wer weiß wofür es gut ist", hat Eva gesagt. In erster Linie für die Erkenntnis, dass ein Dreieck keine schöne Form ist.

SITZUNG 2 - ANGST VOR MUSKELKATER

„Durch Schmerzen entstehen Muskeln. Wenn das Herz bei Liebeskummer physisch wehtut, heißt das, dass es dann einfach ein Stückchen mehr Muskel ausbildet. Aus dieser Sicht wäre das gebrochene Herz ganz gut zu ertragen, denn es würde ja wie bei einer Übung gestärkt.

Aber es tut weh und heil wird es nur wieder mit der Zeit. Bei manchen sogar nie. Sie werden dann beziehungsunfähig. Ich will das nicht. Ich brauche Beziehungen und ich will ein heiles Herz. Schnell, wenn es geht. Doch egal, wen man fragt alle sagen, das braucht Zeit. Vvielleicht sogar so lange, wie die Beziehung gedauert hat. Das ist trostlos. Denn im Fall von Paul und mir würde das bedeuten, sechs Jahre lang Schmerzen zu haben. Dann wäre mein Herz durch das ganze Training bereit für Leistungssport, Apnoetauchen.

Ich habe nichts gegen Sport, das Schwitzen und die Anstrengung macht mir nichts aus. Aber das einem dadurch alles wehtut, dem kann ich überhaupt nichts abgewinnen. Angeblich wird es leichter, wenn man dranbleibt, viele Wiederholungen macht, den Schmerz aushält. Ich komme aber auch ganz gut ohne zurecht. Bin zufrieden, wie alles ist mit meinem Körper. Auch mit der Arbeit, die mein Herz so geleistet hat die letzten Jahre. Es jetzt mit jeder Menge Schmerz zu belohnen, macht doch irgendwie überhaupt keinen Sinn. Mit viel Liebe und Zärtlichkeit sollte es behandelt werden. Mit Dankbarkeit, was es schon alles geleistet hat. Aber sowohl von außen als auch von innen ist da gerade nicht viel zu erwarten. Denn wenn ich ehrlich bin, kann ich mein doofes, kaputtes Herz gerade auch nicht besonders gut leiden. Es lässt mich leiden. Vielleicht wäre es klug, wenn wir beide uns eine Zeit lang leidenschaftlich doof finden könnten und dann irgendwann wieder anfangen würden, uns leidenschaftlich gut zu finden. Uns vertragen und dann auch wieder gegenseitig vertrauen. Aktuell vertraue ich niemandem. Mir selbst auch nicht. Denn ich habe Schmerzen und das macht mir Angst. Wovor eigentlich? Dass es irgendetwas Schlimmes ist und dass es operiert werden muss. Ich denke nicht direkt ans Sterben, aber irgendwie ein bisschen schon. Und alleine Schmerzen zu haben ist schlecht. Wobei eine andere Person kann ja eigentlich auch nix machen, einem auch nicht wirklich helfen. Nur den Kopf streicheln, eine tröstende Hand auf den Rücken legen oder ein paar aufbauende Worte murmeln. Fürsorglich sein, sich für jemanden mit Sorgen machen, heißt es doch, oder? Also es ist doch irgendwie der bescheuertste Moment, Schmerzen zu haben, wenn man alleine ist. Sich der Partner gerade von einem getrennt hat. Ich habe gelesen, dass sowas ein Trauma auslösen kann. Es können Angststörungen oder Panikattacken entstehen. Das eine wird für das andere zu einem Katalysator, eine Art Todesspirale. Und da sind wir jetzt.

Meine persönliche besteht darin, meinen Herzschmerz nicht einfach aushalten zu können, sondern Kisten zu packen, Möbel zu rücken oder auseinanderzubauen, Wände zu streichen. Von allem tut mir der Rücken weh, und ich fange an von Bandscheibenvorfällen und Tumoren zu träumen."

Herr Kraus hat mir bei dem ganzen Wirrwarr wieder aufmerksam zugehört. Darum holt er jetzt tief Luft und ich wusste das jetzt eine längere Analyse zu alldem folgt. „So unangenehm der Schmerz auch ist. Für sie scheint er Sicherheit zu bedeuten. Das an einer Stelle was wehtut, was seelisch schon länger angeschlagen war. Es gibt Menschen, die sich Ritzen, tätowieren lassen oder auf Nagelbretter legen. Ihre Seele, Frau Flachs, funktioniert da anders. Der Druck sucht sich einen Weg nach außen, wenn sie den nicht ablassen. Aktuell eben durch Rückenschmerzen. Ich rate Ihnen machen Sie Yoga?"

Also liege ich nun ausgestreckt auf dem Rücken von meiner noch neu riechenden quietschgrünen Yogamatte zwischen Kisten und Kartons. Eine Übung habe ich noch nicht gemacht. Dafür heule ich wie ein Schlosshund und mein Rücken entspannt sich langsam. Es ist alles eine Riesenscheiße kann ich nur wiederholen. Aber Paul dabei zu haben, nur weil mir irgendetwas wehtut, wäre auch keine Lösung. Und der Gedanke wird mit einmal tröstlich. „Paul ist nicht mehr da", sage ich laut und verrotzt. Damit lässt sich arbeiten. Auch wenn der Satz ganz merkwürdig durch die halbleere Wohnung halt. Eine Weile bleibe ich noch auf dem Boden liegen. Das hat wirklich ganz gutgetan. Das mache ich jetzt öfter, einfach hinlegen und ein bisschen weinen.

DIE STALKERIN

Das fühlt sich an, als wäre ich stundenlang einen Bergwanderweg über Stock und Stein nach unten gelaufen. Die Muskeln im Oberschenkel und in den Waden brennen. Die Zehenspitzen tun weh, weil sie im Schuh ganz vorne angedrückt worden. Jetzt also nach dem Umzug in einen dritten Stock im Altbau, nachdem alle Helfer weg sind und ich allein auf einem Klappstuhl auf meinem Balkon sitzt, fühlt sich der Tag, nein eigentlich die ganzen letzten Wochen an, wie ein Abstieg von einem Berg. Hier sitzen ist der federnde Waldboden. Rund um Stille. „So ist das also allein Louise", sage ich leise zu mir selbst und eine kleine Träne sammelt sich in meinem linken Augenwinkel. Die Stille muss man auch erst mal aushalten können. Paul kennt das nicht. Kann allein sein nur ganz schwer aushalten. Irgendwas stimmt also nicht an seiner Geschichte, geht es mir durch den Kopf, dass er in SEINE Wohnung gezogen ist. Allein diese Stille. Die hält er doch niemals aus.

Ich schüttele mich einmal kurz und brenne mir eine Zigarette an, die ich schon 5 Minuten lang in den leeren Händen halte, während ich in die Luft gestarrt habe. Typisch für mich, denke ich und puste eine große Rauchwolke aus. Mich nicht mit meinen Gefühlen auseinander-zusetzen, sondern über die der anderen nachzudenken. Muss ich morgen unbedingt mal mit Herrn Kraus besprechen. Doch vorher muss ich rausfinden, ob Paul allein wohnt.

Eine halbe Stunde später habe ich mit der Hausverwaltung unserer gemeinsamen alten

Wohnung, dem Verwalter des Hauses, in dem Paul jetzt wohnt und mit einem Privatdetektiv telefoniert. Einmal wurde mir erklärt, dass man mit der neuen Adresse nichts zu tun habe. Beim zweiten Versuch, dass ich wohl noch nie etwas von Datenschutz gehört habe. Und beim dritten Anruf habe ich nach der Frage, ob ich eine Stalkerin sei, einfach aufgelegt.

Überlege nun noch mal anzurufen, mich zu entschuldigen und eine Ausrede zu erfinden, dass es einen zweiten Anruf bei mir gegeben hätte. Denn mir ist aufgefallen, dass auflegen wahrscheinlich eine typische Reaktion einer Stalkerin gewesen ist.

Warum bist du auf diese Idee nicht schon vor ein paar Minuten gekommen, schießt es mir in dem Moment in den Kopf. Ich könnte mit unterdrückter Nummer bei Paul anrufen und hören, welche und ob Stimmen im Hintergrund zu hören sind. Das beweist ja auch wieder nichts, bespreche ich mit mir selbst. Erstens könnten es noch Umzugshelfer sein und zweitens kann es Besuch sein, der dann wieder geht, argumentiert mein Verstand dagegen. Und drittens, hast du sie eigentlich noch alle? Worüber denkst du hier eigentlich nach? Kannst du dich ja auch mit einem Feldstecher vor dem Haus auf die Lauer legen. Tja, habe ich eigentlich einen Feldstecher? Manchmal amüsiere ich mich über mich selbst, wie sich die verschiedenen Stimmen in meinem Kopf in einem Entscheidungsprozess gegenseitig verarschen. Natürlich spiele ich nicht Detektiv mit einem Fernglas, denn, und schon frage ich mich, warum ich da nicht früher draufgekommen bin, ich könnte ja einfach vorbeijoggen am neuen Haus und schauen, was am

Klingelschild steht. Guter Entschluss. Was ziehe ich dafür eigentlich an? Paul könnte aus der Tür kommen, mich sehen. Also geht schlabberiger Jogger schon mal nicht. Zum zweiten Mal innerhalb von 5 Minuten frage ich meinen Verstand, ob ich noch alle Tassen im Schrank habe. Geh einfach los und guck an die Klingel. Und ohne über Los und 2000 Euro wieder hierher zurück nach Hause. Drei Sekunden später schließe ich meine Haustür ab und gehe zum zwanzigsten Mal am heutigen Tag, die Treppen aus dem dritten Stock nach unten. Hätte ich das mal lieber nicht gemacht.

„So ein dreckiger Lügner. Hat der keine Eier. Gibt es doch nicht, dieser notgeile Hurensohn. Wenn der mir in die Finger kommt, verpasse ich ihm eine richtige Tracht Prügel", schimpft Eva am Telefon ohne Punkt und Komma und ohne

Luft zu holen. Mitten in meinem Heulkrampf muss ich also laut lachen. Die Menschen auf der Straße schauen mich erstaunt an. Denn selbst in Hamburg sieht man nicht zu oft dieses bizarre Bild einer jungen Frau, die tränenüberströmt und gleichzeitig hysterisch lachend in einem fünf Nummern zu großem Blaumann durch das Edelviertel Winterhude läuft. Ein schräges Bild gebe ich da mal wieder ab. Wenn da keine Einweisung notwendig ist, kann ich in den Gesichtern lesen. „Warum hat er denn wieder gelogen?" schluchze ich jetzt. „Ist doch sowieso alles schon egal. Dann könnte er doch wenigstens auch die Wahrheit sagen. Das habe ich nicht verdient, Eva", und der nächste Schwall Tränen läuft über mein Gesicht. ‚"Was mich so traurig macht, ist gar nicht mal, dass ich einfach ausgetauscht wurde", ringe ich um Fassung.

„Vielmehr bin ich enttäuscht, dass er nicht einfach die Wahrheit über die neue gemeinsame Wohnung mit ihr gesagt hat. Warum nicht? Das ist einfach nicht fair." Kann ich gerade noch sagen und schnappe wie ein kleines Kind beim Heulen nach Luft. „Oh man, Louise er ist ein Trottel. Ganz einfach. Der denkt einfach nicht nach oder nur an sich.", versucht Eva beruhigend auf mich einzureden. „Vielleicht ist es jetzt auch mal gut mit Informationen über Paul sammeln. Das tut dir alles nur weh. Und Klarheit hin oder her, dass macht dich nur traurig. Lass ein bisschen Zeit vergehen. Richtet deine Wohnung ein, versuche dich auf dich zu konzentrieren und zu heilen. Was meinst du? Ob ein gemeinsamer Schnaps dabei hilft?" „Vielleicht" antworte ich leise, während ich meine Tür wieder aufschließe. Alles, was sie sagt, stimmt. Als

Funkstille war, ich nichts wusste, nichts gelesen, nichts gehört, nichts gesehen habe, ging es mir besser. Aus dem Kühlschrank nehme ich mir eine Flasche Wodka, schenke mir was in mein Lieblingspinnchen mit den zwei Schwalben drauf ein, und proste dem Menschen, der mich am besten kennt, durchs Telefon zu. „Auf die Zeit, die alle Wunden heilt", ohne es ausgesprochen zu haben, weiß ich, dass sich Eva 600 Kilometer weit weg auch einen doppelten Wodka mit einem Lächeln reingekippt hat. Unsere Waffe seit Jahren in ausweglosen Situationen. Erst mal einen Schnaps, egal, wie spät es ist. Dann ein bisschen Ruhe einkehren lassen, bis das warme Gefühl im Bauch ankommt.

ICH WILL ZURÜCK

Paul hatte etwas an der Wohnung vergessen. Bilder aus seiner Kindheit. Beim Ausräumen meiner Karton habe ich sie gefunden. Weil mir die Briefmarke, nach allem was passiert ist, zu schade ist, habe ich ihm geschrieben, ob er sie haben will und ob ich sie vorbeibringen soll. Die neue gemeinsame Wohnung sei ja schließlich nicht weit weg.

Mein Herz bleibt fast stehen, als ich mich sagen höre „Ich bin's", die Tür summt und mir wird ein „Im ersten links" nachgerufen. Paul sieht aus wie immer, lächelt leicht und hält mir die Tür auf. „Schön, dass du es einrichten konntest und danke fürs vorher Bescheid sagen." Was soll ich eingerichtet haben? Das Zeug muss ja weg. Und klar klingle ich hier nicht einfach. Er kann mir meine Gedanken von den Augen ablesen. „Sie ist nicht da." Das wäre es ja jetzt auch noch. Eigentlich will ich die beiden Rossmann Fototaschen schnell aus meinen Händen loswerden und wieder gehen. Ich schaue mich um, wo ich sie ablegen kann. Paul versteht das völlig falsch. „Soll ich dir die Wohnung kurz zeigen?" fragt er unsicher und geht eigentlich schon los. „Ja, ich muss eigentlich gleich wieder weiter", stammle ich und laufe ihm trotzdem irgendwie hinterher. Meine Turnschuhe quietschen auf dem Fliesenboden. Fliesen in der ganzen Wohnung, würden mir ja gar nicht gefallen, denke ich und schütteln mich sofort innerlich. Das geht alles überhaupt nicht. Geh! Geh! Schreit mein Verstand. Inzwischen stehe ich in einem Wohnzimmer, Paul circa drei Meter entfernt und erzählt irgendwas über die Einrichtung. „Du, ich muss wirklich. Wo kann ich das denn hinlegen?" frage ich und schaue schon wieder unsicher in der Gegend herum. „Ach ja, die nehme ich einfach", antwortet er und steht plötzlich schon einen Meter vor mir. Das ist zu nah, schreie ich innerlich schon wieder. „Ich finde es schön, dass du dich gemeldet hast. Und ich hoffe, dass wir jetzt wieder häufiger Kontakt haben. Du fehlst mir", poltert es aus ihm heraus. Ich kann nicht sehen, wie ich gucke. Aber in meiner Vorstellung steht mein Mund offen, meine Augen sind weit aufgerissen und mein Kopf wird glühend rot sein. Ich fange an hysterisch zu lachen. „Nein. Nein. Nein. Nein. Nein. Nein. Nein, auf gar keinen Fall. Das nimmst du sofort wieder zurück. Und ich, Ich muss jetzt los." Ich drehe mich um und fange an nach meiner Tasche zu suchen. „Wo hab ich denn meine Tasche. Ach, ich hatte ja gar keine mit", murmle ich vor mich hin. „Hör zu Louise, das war alles ein Riesenfehler. Das läuft nicht. Mit dir kann ich ja ehrlich sein." „Hör auf", schreie ich „das will ich alles überhaupt nicht hören. Deine Sache, dein Problem nicht meins. Meinst du, du muss einmal mit dem Finger schnippen und ich komme zurück? Ich haue ab." Ich versuche mich in Richtung Ausgang zu orientieren. Paul läuft mir zur Tür hinterher. „Ich habe die Wohnung hier schon wieder gekündigt. In drei Monaten kann ich wieder raus." Ich dreh mich abrupt um, dass wir fast zusammenstoßen. „Das ist ein Scherz, oder?", jetzt lache ich wirklich und kann ihn nicht ansehen. Wie immer in so ganz wichtigen Momenten fällt einem nicht das Richtige ein, was man eigentlich sagen will. Ob er sich mal entscheiden könnte. Oder nur meine Funkstille macht mich jetzt wahr-scheinlich wieder attraktiv für ihn. Dass das zurückgewiesen zu werden, ihn triggert und er deshalb kalte Füße bekommt. All das sage ich nicht, sondern lache nur und stürme zur Tür raus. Im Treppenhaus ruft er mir noch weiter nach „Louise wartet doch. Lass uns in Ruhe darüber reden." Was er dann sagt, höre ich nicht mehr.

Ich fasse mich so langsam wieder auf der Straße. Luft. Atmen. Was ist hier eigentlich gerade passiert? Für einige Minuten stehe ich und bewege mich keinen Millimeter. Noch alles dran an mir schlägt? Mein Herz noch? Ist das wirklich gerade passiert? Ich taste einmal, wie bei der Taschenkontrolle, meinen Körper ab.

„Schlimmer kann es nicht mehr kommen", erzähle ich wenige Minuten später Eva am

Telefon. „Bei dem Typ wäre ich mir da nicht so sicher. Das Drama ist noch nicht zu Ende", ist ihre Prophezeiung.

SITZUNG 3 - EIN BRIEF AN SABBI

Auf meinem Weg zu Herrn Kraus frage ich mich mal wieder, warum eigentlich ich diejenige bin, die jetzt einen Therapeuten braucht. Bei Paul und Sabbi stimmt doch was nicht. Die müssten sich mal mit jemandem unterhalten, der sich mit sowas auskennt. Gleichzeitig finde ich die Therapie super. Ich dachte immer ich weiß schon alles über mich. Früher an der Uni habe ich mich auch immer heimlich in Psychologie Vorlesungen geschlichen. Also wenn sich jemand auskennt, dann ja wohl ich. In dem Sinn ist Herr Kraus mein Sparringspartner. Wir wollen und wissen das gleiche und werfen uns die Bälle immer nur hin und her.

Große Überraschung, das ist natürlich alles Blödsinn. Ich kenne mich null Komma null mit meinen Gefühlen aus. Alles überwältigt mich. Ich bin mir zu viel, mit meiner ganzen Traurigkeit und Wut.

„Wissen sie was mir aufgefallen ist Frau Flachs", eröffnet Herr Kraus das Gespräch „Sie sind wie ein volles Fass. Ihnen stehen die Gefühle bis zum Rand, aber wie sie etwas davon abschöpfen oder ablassen können, wissen sie nicht." Für einen kurzen Moment läuft es mir kalt den Rücken runter. „Können sie mir in den Kopf gucken? Genau das habe ich auf dem Weg hierher gedacht." Er zuckt kurz mit einer Schulter: „Ja in gewisser Weise ist das mein Job." Dann sprechen wir darüber das ich doch immer viel weine, wenn ich hier auf seinem Sofa sitze oder zuhause. „Ich habe mir etwas überlegt. Es muss ein bisschen Druck aus ihrem Kessel. Und ihr Beruf hat doch was mit Worten zu tun. Deshalb schlage ich vor, sie schreiben einen Brief. An ihre Freundin. Denn wie sich das für sie anfühlt, eine so enge zweite Person verloren zu haben, das haben wir noch gar nicht besprochen", schlägt Kraus vor. „Und was soll ich dann mit dem Brief machen? Ihn in einer Zeremonie verbrennen. Oder sogar abschicken? Ich halte das für Quatsch", kontere ich sofort, obwohl ich die Idee gar nicht so doof finde. Auch den Gedanken scheint Herr Kraus schon wieder in meinem Kopf gelesen zu haben und reicht mit Zettel und Stift.

Mindestens 10 min sitze ich nur da und starre gerade aus, aus dem Fenster. Dann fange ich, nicht gerade in Schönschrift, an zu schrieben:

Hallo Sabbi

Heute ist der 18.August. Vor drei Monaten habe ich das letzte Mal etwas von dir gehört. Seit wir uns kennen ist das die längste Zeit, in der wir nicht miteinander geschrieben oder gesprochen haben. Ich ahne, warum du keinen Ton von dir gibst. Du hast Angst vor mir und schämst dich auch, wenn du ehrlich bist. Denn viele Dinge, die ich dir in den vergangenen Monat gerne gesagt hätte, wären brutal, ehrlich, gemein, verletzend und einschüchtern gewesen. Sie haben mich sehr traurig gemacht und hätten dich zum Weinen gebracht. Aber was hätte das alles gebracht? Dein Leben hätte sich dadurch nicht verändert oder auf den Kopf gestellt. Deine Zurechnungsfähigkeit und deinen Verstand nicht in Frage gestellt. Und es wäre nichts kaputt gegangen. Es blieb mir nichts anderes übrig als zu akzeptieren: Ich bedeute dir nichts oder nicht genug, um wenigstens einen Versuch zu machen, die Dinge geradezurücken. Ich kenne eine

Seite der Geschichte. Seine Seite. Vielleicht stimmt die ja nicht. Vermutlich werde ich das nie erfahren und habe es mir in den vergangenen drei Monaten so sehr gewünscht. Aber so bist du eben, warst du schon immer. Schade eigentlich.

Long story short: du fehlst mir. Mir fehlt meine Freundin. Ob das irgendwann weggeht, weiß ich nicht. Genauso, wie du dich sicher fragst, ob dieses schlechte Gewissen irgendwann weggeht. Wahrscheinlich nur, wenn ich dir verzeihe. Dann würde ich mein Okay dafür geben, wie alles gelaufen ist. Bestimmt verstehst du, dass ich das nicht kann. Jetzt nicht und wahrscheinlich nie.

Glaube mir das fällt mir nicht leicht. Aber ich denke, wir machen jetzt Schluss. Es ist aus. Keiner muss mehr was hoffen oder davon träumen. Kein: Was wäre, wenn. Dann kann auch diese Wunde heilen. Und irgendwann schmeckt dein Name nicht mehr *bitter auf meiner Zunge. Und ich kann ihn wieder*

aussprechen. Das habe ich jetzt drei Monate lang

nicht gemacht. Puuh, eine lange Zeit. Und stell dir

das mal vor. Es tut so weh, dass ich nicht mal fünf

Buchstaben sagen kann.

Aber ich wollte hier nicht bohren und piksen, auch

wenn du viel Schmerz aushalten kannst. Holy shit,

wieviel das sein muss.

Ich wünsche dir, dass du jemanden hast, außer Paul,

mit dem du über deine Sachen reden kannst und das

auch tust. Denn trotz allem wünsche ich dir, nur das

Beste."

Kraus will den Brief gar nicht lesen. Er hält mir

einen großen, schweren Kristallaschenbecher

und ein Feuerzeug hin. Ich muss schmunzeln

und wische mir eine Träne von der Wange.

Im Stillen und bei geöffnetem Fenster verbrenne ich den Brief und Herr Kraus klopft mir dabei stolz auf die Schulter.

DER TAG AM MEER

Es scheint die Sonne. Heute mache ich es – ich fahre ans Meer zum Timmendorfer Strand. Was auch immer der Brief mit mir gemacht, seitdem fühle ich mich besser. Nein, eigenglich viel besser. Heute fühle ich mich 2 Quadratmeter orange. Beziehungsweise bin ich es. Denn ich habe ein langes orange, gestreiftes Maxikleid, mit einem Schlitz bis weit übers Knie, an. Einen Quadratmeter Stoff vorn und einen hinten. An mir vorbeigucken kann man heute nicht. Das sag ich auch zu meinem Spiegelbild „Bei deinem blendenden Aussehen und dem übersteigerten Selbstbewusstsein heute, wäre es doch gelacht, wenn kein heißer Flirt an der kühlen Ostsee rausspringt." Und klack fällt die Tür hinter mir ins Schloss.

Den ersten Kontakt zu einem anderen Lebewesen habe ich mit einer sehr dreisten Möwe. Es muss eine männliche Möwe sein, so stolz wie er über den Strand spaziert und unfassbar frech an den Taschen der Strandbesucherinnen zupft oder zumindest mal reinguckt. Anfangs amüsiert, schaue ich dem schrägen Vogel zu. Doch dann hat er mich, mit meiner Stullendose und mein Minibuletten, entdeckt. Bereits aus zwei Metern Entfernung starren wir uns an. Ganz nach dem Prinzip: „Wer zuerst blinzelt, verliert den Proviant", schiebe ich mir noch eine der Minibuletten an den Mund. Ich habe nicht vor dieses Duell zu verlieren. Inzwischen ist Herr Möwenmann auf 40 Zentimeter an meine Decke und damit meine Stullendose heran stolziert. Ich muss schmunzeln, weil meinen Augenkampf mit der Möwe, auch zwei sehr attraktive Männer zwei Decken weiter mitbekommen haben. Jetzt darf ich erst recht nicht mehr verlieren. Das wäre peinlich. Mit einer lässigen Handbewegung und einem schärferen „Schischt" versuche ich dem Möwenmann zu signalisieren, dass hier wirklich nichts zu holen ist. Das interessiert ihn aber wenig. Er legt seinen Kopf einmal nach rechts, um mit dem linken Auge noch einmal deutlich in meine Richtung und auf die Stullen zu gucken. „Mensch geh jetzt einfach woandershin", sage ich leise. Sollen die Boys nebenan ja nicht unbedingt mitbekommen, dass ich inzwischen ein bisschen verzweifelt bin, weil der Vogel echt nicht abhauen will. Herr Möwe denkt gar nicht dran. Stattdessen hüpft er mit einem lauten Möwenlachen noch einmal zehn

Zentimeter nach vorne. Vor Schreck mache ich eine ausladende Geste mit meinem rechten Arm, so dass ich damit meine Plastikdose mit den Minibuletten umwerfe. Sieben Stück kullern in den Sand. Der Möwenmann reagiert blitzschnell und hat das erste Stück Beute schon im Schnabel. Zwei Decken weiter höre ich ein leises Lachen der beiden durchtrainierten Männer mit Flirt-Potential. Jetzt cool bleiben und irgendetwas lässiges machen, schießt es mir durch den Kopf. Und während Herr Möwe die zweite Bulette schnabuliert, stecke ich beide Hände tief in den Sand und verpasse der Restbeute eine ordentliche Ladung Sand. Die Möwe krächzt wieder und ich werfe eine zweite Ladung Sand. „Mein Schatz", sage ich laut mit einer Gollum ähnlichen Stimme und versuche, so natürlich wie ich nur kann, zu lachen. Auch zwei Decken weiter wird gelacht. Es geht doch und auch die Möwe zieht sich jetzt endlich zurück. Meine Aktion scheint in jeden Fall so viel Eindruck gemacht zu haben, dass die beiden Beachboys von nebenan wenig später in der hüfthohen Ostsee direkt vor mit stehen und sich nicht bewegen. Die Entfernung ist weit genug, dass ich mit Sonnenbrille geradeaus schauen kann, ohne dass es offensichtlich wäre, dass ich die zwei Männer beobachte. Das eine oder andere Mal drehen sich die beiden Köpfe zu mir. Wie edle, aufgeblasene Pfauen kommen die beiden, nach 20 Minten rumstehen, aus dem Wasser.

Der Zeitpunkt für meinen Move. Lässig stehe ich auf, werfe meine Sonnenbrille auf die Decke und lasse meine Bikinihose extra ein bisschen zwischen den Pobacken eingeklemmt, während ich versuche, möglichst leichtfüßig über den glühend heißen Strand zu laufen. Und schon als mein großer Zeh die Wasseroberfläche berührt, habe ich nur einen Gedanken „Heilige Scheiße ist das kalt". Aber jetzt gibt es keinen Weg zurück. Also gehe ich auf Zehenspitzen circa 30 Meter weit in die Ostsee. Dann ist der kritische Punkt erreicht, diese zehn Zentimeter unterhalb des Bauchnabels. Kälter wird es nicht. „Eins, zwei, drei…" ist mein innerer Countdown. Und dann springe ich auf Zehenspitzen stehend ab. Hoch genug, dass zumindestens der Arsch kurz aus dem Wasser guckt und um mit meinen Füßen beim gezielten Aufklatschen aufs Wasser Aufmerksamkeit zu erregen. Mein Bikinioberteil verrutscht bis zum Bauchnabel. Also muss ich so lange tauchen, bis alles wieder an Ort und Stelle ist. „Kalt, kalt", schreit mein Gehirn. Nach zehn Metern tauche ich auf und schwimme direkt zurück in Richtung Strand. Wie in so einem schmierigen Bond-Film laufe ich mit wiegenden Hüften zurück zu meiner Decke. Auf Familienväter macht meine Performance Eindruck und sie blicken verstohlen zu mir rüber. Ich riskiere einen Blick aus dem Augenwinkel auf meine Beachboys oder zu mindestens an die Stelle, an der sie vielleicht vor 2 Minuten noch gelegen haben. Denn da ist nix mehr außer einem Abdruck von zwei Handtüchern im Sand. Und die nächste Familie mit Kinder-wagen und zwei Meter großem, aufgeblasenem Captain-America-Schwimmring, richtet sich jetzt an der Stelle häuslich ein. Wo sind Sie denn hin, die Jungs? Noch vor meiner Decke mache ich eine 360 Grad-Drehung mit der Hand als Schild vor der Stirn und tue so, als würde ich einmal mehr, mit vollem Genuss, in die Ferne blicken wollen. Nach dem Motto „ach was schön, diese Ostsee". Doch von den beiden fehlt jede Spur. „Tschuldigung, junge Frau", sagt eine weibliche Stimme mit fränkischem Dialekt aus dem Strandkorb neben mir. „Einer der jungen Männer, die da drüben grad soaßen, der hat sich eben an ihrer Doaschen zu schaffen gemacht. Dem hoab i fei gesoagt, dass ich des sehe und die Polizei ruf, wenn er des net sofort lässt. Des wollt i ihn nur kurz soagen", plappert die blondgelockte Fränkin, Mitte 60, im schwarzen Badeanzug, mit rotweißen Lilien darauf, sofort weiter. Sie zeigt erst auf die Stelle, an der dem circa vierjährigen Captain-America-Schwimmringbesitzer gerade der Rücken eingecremt wird. Dann wandert ihr ausgestreckter Zeigefinger zu meinem blauen Rucksack. „Doacht i pass halt mal auf, weil i ja gesehen hab, dess sie fei ganz allon da sind", schiebt sie noch mit einem leicht traurigen Blick nach, der sich schnell in ein Grinsen in ihrem sehr weißen, runden Gesicht verwandelt. "Danke, ich gucke gleich mal nach, ob was fehlt", sage ich etwas verdutzt, während ich mich ernsthaft frage, warum einer der Beachboys hier gewesen ist. Das einer was geklaut hat, glaube ich nicht. Und tatsächlich ist nichts weggekommen, sondern nur ein kleiner Abriss einer Zeitung dazu. Darauf steht „Ole" und eine Telefonnummer. Das ist der erste Glücksmoment seit Monaten, den ich bewusst wahrnehme. Ich muss grinsen. Heute ist ein Tag, an dem bin zwei 2 Quadratmeter Orange.

DIE EINHEBELMISCHBATTERIE

Am Abend zurück in Hamburg gebe ich seine Nummer in mein Handy ein und tippe eine Nachricht „Hello! Habt einen Zettel gefunden, bevor ihn sich Frau Strandkorb unter den Nagel reißen konnte. Zwinker-Emoji. Mein Name ist Louise." Senden. Ich bin ein bisschen aufgeregt und habe ein kleines Kribbeln im Bauch.

Ich muss nicht lange auf eine Antwort warten. Er schreibt „Moin, sorry, bin gerade mit einer Einhebelmischbatterie beschäftigt, melde mich morgen. Danke, dass du meine Nummer gerettet hast. Zwinker-Emoji." Okay, mit der Antwort habe ich jetzt nicht gerechnet. Aber für die nächsten 30 Minuten habe ich eine Aufgabe

gefunden. Herauszufinden, was eine Einhebelmischbatterie ist. Ein einfacher Wasserhahn, der
nicht wie in den Achtzigern noch einen Dreh-
hahn für warm und für kalt hat, sondern eben
einen Hebel. Also schreibe ich zurück „Oh, ich
hoffe kein Wasserschaden. Sonst kein Stress.
Melde dich, wenn es passt. Schönen Abend
noch." Beim noch einmal lesen fällt mir auf, dass
ich ein bisschen schnippisch klinge, vielleicht
auch zickig. Ach, diese blöde Schreiberei. Nervt
mich jetzt sowieso schon wieder. Nicht nur, weil
man x-mal überlegen muss, wie etwas formu-
liert wird, weil der andere den Humor und die
Ironie nicht versteht. Und zum anderen, weil
dieses Warten auf eine Antwort auch so richtig
zum Kotzen ist.

Ich kenne Menschen, die haben während des
Wartens auf eine WhatsApp Antwort schon

Nervenzusammenbrüche erlebt, Möbel zertrümmert und buchstäblich das Land für immer verlassen. Eva zum Beispiel. Sie hat eine innige Hassliebe zum Schreiben entwickelt. Um nicht verrückt zu werden, hat sie sich angewöhnt in Single-Phasen gleich mit mehreren Personen gleichzeitig zu schreiben. Einen Tag der eine, den anderen Tag der zweite. Und sicher gibt es einen dritten und einen vierten. Eva betrachtet das als Sport. So ähnlich wie Enten jagen. Einmal mit Schroth in den Himmel schießen, irgendeine tote Ente wird schon herunterfallen. Ich würde bei all dem so durcheinanderkommen und die falschen Sachen in die falschen Chats verschicken. Alles schon passiert. Da ist aus Versehen eine Aubergine an einen Typen geschickt worden, dem ich erst wenige Tage vorher für einen Date abgesagt hatte. Der freute sich, dass ich es mir anders überlegt habe und hakte nach, wann ich denn jetzt rüberkommen würde. Hier wäre noch die Adresse. In solchen Situationen bleibt einem nichts anderes übrig, als tote Katze zu spielen und in den Einstellungen der App, auch heimlich Modus umzustellen.

Mit dem Gedanken, dass heute ein guter Tag war, mache ich mich bettfertig. Es hat sich angefühlt wie mein altes Ich. Eine ganze Louise. Ohne Sprung in der Schüssel und dicken Pflaster auf dem Herzen, erkläre ich meinem Spiegelbild beim Zähneputzen. „Was so ein oranges Kleid doch mit einem macht", sage ich und ein bisschen Zahnpastaschaum landet auf meiner Spiegelbildnase. So gut habe ich mich sehr lang nicht mehr gefühlt. Selbstbewusst und schön. Und glücklich. Oder zumindest nicht traurig.

SITZUNG 4 - EINE RICHTIG GUTE ERDBEERE

„Ich habe vor kurzem einen längeren Radiobeitrag bei NDR Info gehört. Eine richtig leckere Erdbeere vom Feld, ist keine die man Mitte Mai kaufen kann. Die in einem sicheren Umfeld, also unter einer Plane mit dem richtigen Wasser, dem perfekt gedüngten Boden und so weiter wächst. Eine richtig leckere Erdbeere, die hat auf dem freien Feld mal richtig viel Wasser bekommen, dann hat es mal wieder überhaupt nicht geregnet. Wahrscheinlich ist ein Reh auf ein, zwei Blätter getreten und es hat bis Ende Juni gedauert, bis überhaupt die erste grüne Frucht zu sehen war. Heißt: eine richtig gute Erdbeere braucht am Ende des Tages Stress und nicht die perfekten Bedingungen.

Entwicklungen brauchen ihre Zeit und vor allem auch mal Geduld, unangenehme Situation auszusitzen. Wenn sich in ihrem Leben etwas verändern soll, dann müssen sie das auch mal zulassen. Es verändert sich ja nichts, wenn alles bleibt, wie es ist. Und glauben Sie mir, nichts bleibt, wie es ist. So wie sie nicht immer nur glücklich sein können, werden sie auch nicht für immer traurig bleiben." Herr Kraus macht eine kleine Pause und atmet einmal hörbar für mich durch. „Geht es wieder?" fragt er dann in einer fast fürsorglich väterlichen Haltung. Ich schnäuze mir einmal kräftig die Nase und lege das Telefon dafür weg. Es ist 20:13 Uhr an einem Sonntagabend und ich war so verzweifelt, dass ich nach dem Wochenende, das ich allein verbracht habe, meinen Therapeuten auf seiner Notfallnummer angerufen habe. Es ist eigentlich überhaupt nichts Dramatisches passiert, was meine emotionale Lage so hat eskalieren lassen. Es war nur nichts los am Wochenende und ich hatte viel zu viel Zeit, um mich in meinem Selbstmitleid zu suhlen. Mir vorzustellen, dass ich irgendwann alt, kinderlos, hässlich und verbittert bin, einsam in meiner Wohnung sterbe und es die Nachbarn einfach nur dadurch herausfinden, weil Maden von der Decke fallen. Vielleicht hat die eine oder andere völlig übertriebene Hollywood-Schnulze auch noch dazu beigetragen, um meine emotional unausgeglichene Stimmung ins unermessliche zu steigern. „Vielleicht sind es aber auch einfach nur die Hormone", nuschle ich ins Telefon. „Danke, dass Sie mir zugehört haben. Es geht wieder.

Dann sehen wir uns also Mittwoch zum verein-barten Termin wieder." Mit einem machen wir, lege ich auf. Ob das mit den Erdbeeren stimmt, frage ich mich. Ich dachte immer nur, dass sie genügend Sonne und Wärme brauchen. Das reicht mir zumindest immer schon, um meine Laune wieder aufzuhellen. Wenn morgen wie-der die Sonne scheint, ziehe ich mir dann mal wieder eine richtige Hose an und verlasse das Haus.

ERKLÄR MIR DIE STERNE

Es ist ein lauer Sommerabend. Die halbe Stadt bleibt lang auf, um die Wärme noch ein bisschen mitzunehmen. In den nächsten Tagen soll es wieder regnen. Noch ist von meiner Bank auf dem Balkon keine Wolke am Hamburger Himmel zu sehen. In meinem Glas Wodka Tonic klimpern die angetauten Eiswürfel. Jamie Cullum säuselt „The place real things go".

Macht man ja viel zu selten, mal in den Himmel schauen – wie ein „Hans guck in die Luft". Stattdessen glotzen wir heute beim Laufen ständig nach unten aufs Handy und laufen trotzdem gegen Mülleimer oder stolpern über Bordsteinkanten.

Dann doch lieber in den Himmel schauen und einen Hasen oder die Zugspitze in den Wolken erkennen. Die Sterne lassen sich in der nördlichen Großstadt nur erahnen, weil es noch nicht richtig dunkel ist und die Stadt zu viel Licht abstrahlt. Mit einem Mann auf meinem Balkon würde ich jetzt so tun, als ob ich nicht wüsste, wohin ich schauen muss, um den Polarstern zu finden. Und dass, obwohl ich eine Einser-Schülerin in Astronomie in der Schule war. Und immer noch meine drehbare Himmelsscheibe aus dem Unterricht in meiner Schreibtisch-schublade habe. Damit kann man per Uhrzeit und Tag genau bestimmen, auf welche Sterne man da schaut. Heute geht das natürlich per App, aber das finde ich unromantisch.

Ein Mann würde mir jetzt auf so einer App zeigen, wo der Polarstern ist. Und wie ich von dort aus den großen Wagen findet. Ich bin kurz davor meinen Tomatenpflanzen neben mir zu erklären, dass sich der große Wagen je nach Jahreszeit einmal um den Polarstern dreht. Mach ich dann aber doch nicht, weil es diese Pflanze sicher nicht interessiert und sie dadurch auch nicht schneller Tomaten produziert. Beim nächsten Schluck beschließe ich, dass ich auch zum Sterne gucken keinen Mann brauche. Ich möchte gern einfach nur einen Mann in meiner Wohnung haben. Er muss nichts tun, sondern nur dasitzen und meine pure Existenz bewundern. Wie schräg, oder? Ob es anderen Frauen auch so geht, frage ich mich. Männern auf jeden Fall. Sie wollen dafür bewundert werden, dass sie wissen, wohin Frauen am Himmel schauen müssen, um ein bestimmtes Sternenbild zu sehen. Oder dass sie einem mit den überragenden

Fähigkeiten eine Leiter hochzusteigen, eine Lampe anbringen können. Dafür brauche ich keinen Mann. Zigaretten könnte er mir jetzt holen. Dafür wäre er nützlich. Die gehen mir nämlich langsam aus, nach dem dritten Wodka Tonic. Ich sollte wieder aufhören mit dem Rauchen, denke ich und stecke mir die letzte aus der Schachtel an. Trinken sollte ich auch aufgeben. Doch manchmal ist das dumpfe Fühlen durch den Alkohol ganz gut.

Paul hat mir immer die Sterne erklärt. Und wenn ich die ersten zwei Stufen einer Leiter hochgeklettert bin, hat er Angst bekommen. Seine Angst, seine Gefühle. Das Zentrum unseres Universums. „Zieh das nicht an, wie sehe ich denn dann neben dir aus?" oder „Das Essen sieht fantastisch aus. Bei deinen Haaren könntest du dir auch mal so viel Mühe geben." Als mir diese Sätze heute eingefallen sind, musste ich kurz fassungslos innehalten. Das sind Dinge, die ich mir einfach so habe sagen lassen. Ohne Widerworte. Er ist doch so sensibel und ich habe ja auch den ganzen Tag nicht in den Spiegel geschaut. Louise gibt nicht den Ton an.

„Das hört jetzt auf", sage ich angeschwipst laut und habe sofort einen Schluckauf. Wenn ich die Sterne erkennen will, muss ich auch schon ein Auge zukneifen. Zeit ins Bett zu gehen und sich vorzustellen wie man einfach in den Arm genommen wird. Ohne viel Tamtam. Nur so zum Festhalten.

LEBENS-DOMINO

Der nächste Tag kommt schneller für mich als gedacht. Noch bis 2 Uhr nachts habe ich dummes Zeug auf dem Handy angeschaut und mit dem ältesten Tabak, aus der hintersten Ecke einer Schublade, eine nach der anderen geraucht. Jetzt, mit einem Auge offen, merke ich im Hinterkopf einen stechenden Schmerz. „Guten Morgen, Herr Kater. Die drei Wodka Tonic richten Grüße aus." Ich sollte mit dem Trinken aufhören. Alleine, zwei Gläser Alkohol, bedenklich. Anderseits, warum auch nicht. Ich bin ja eine erwachsene Frau und abgesehen davon, habe ich an dem Tag davor ja auch genügend durchgemacht, diskutiere ich mit mir selbst.

Herr Kraus meint, das wäre häufig nach einer Trennung so. Das erstmal alles noch schlimmer wird, bevor es besser wird. Das Gefühl habe ich nicht. Nichts wird besser. Erstmal läuft alles weiter rückwärts und bergab. Ich habe mir zu viel Arbeit aufgehalst, kann meine Termine nicht einhalten und komme zu spät. Letzte Woche habe ich den Schlüssel zu meinem Büro verloren und der Schlüsseldienst hat die Hälfte meines Monatslohns verschlungen.

Jetzt steh endlich auf! Es ist immerhin schon 11 Uhr. Die Post macht 12 Uhr zu am Sonnabend. Ach, du Scheiße. Ich strampele mich aus der Bettdecke. Seit zwei Wochen liegt ein fertig gepacktes Paket im Flur. Ich habe es extra so vor die Tür gelegt, dass ich es mitnehmen muss, wenn ich das Haus verlasse. Die letzten zwei Wochen bin ich drübergestiegen, habe es nicht mitgenommen. Heute muss es wirklich weg. Sonst muss ich die Klamotten behalten, die ich in einem schwierigen Moment, an einem Freitagabend online bestellt habe. Ich werfe der Kiste aus der Küche einen bösen Blick zu, während ich den Wasserkocher anstellte. Ein Kaffee ist noch drin. Muss, wenn es schon sonst nix zum Frühstück gibt. Denn auch das mit dem Einkaufen, habe ich mir eine Woche lang vorgenommen. Und habe es nicht geschafft. Das kann ich ja gleich auf dem Rückweg erledigen. Schnell bin ich in irgendwelche Sachen gesprungen, die ich auf meinem Stuhl im Schlafzimmer finde. Diese Kleider-ansammlung außerhalb des Schrankes. Mit der Zahnbürste im Mund gieße ich mir einen türkischen Kaffee auf. Wie klug von mir. Der erste Schluck wird gleich furchtbar schmecken. Doch in 5 Minuten muss ich los, sonst wird es knapp. Also müssen Kompromisse gemacht werden. Bei diesem hektischen Start in den Tag.

Das Personal am Postschalter ist unfreundlich, weil so kurz vor Feierabend so viele Menschen noch etwas verschicken wollen. Wie niemand ahnen kann, müssen die Aufkleber für die Pakete am Eingang auszufüllen werden. Also müssen sich alle Kunden und Kundinnen ein zweites Mal am Schalter anstellen. Die Stimmung ist am Siedepunkt.

Der Einkauf im Supermarkt eskaliert, weil ich zu hungrig bin. Die Menschen hinter mir an der Kasse beschweren sich, weil ich zu lange brauche, meinen Dreiwocheneinkauf in nur einen Beutel, per Tetris Verfahren, zu verpacken. „Das passt nicht Püppchen. Macht endlich Platz", ist einer der nettesten Sätze, die ich zu hören bekomme. Auch die Kassiererin verdreht nach einer Minute die Augen. Also räume ich wie ein bedröppelter Hund das Feld, eine 15 Kilo schwere Tüte auf der rechten Schulter, eine Packung Cornflakes unter dem linken Arm, einen Fünf-Kilo-Sack Kartoffeln in der linken Hand und eine Packung extraweiches Toilettenpapier in rosa Verpackung in der rechten Hand. Es gibt ja Menschen, denen ist es peinlich, Klopapier auf der Straße nach Hause zu tragen. Paul ist zu einer. Er kauft immer nur zwei Rollen, damit er sie in einem Beutel verstecken kann. Mir ist vollkommen unklar, was daran peinlich sein soll. Kein Mensch ist wie Opa Rodenwald mit aus „Spuk von draußen", der nach jeder Mahlzeit im Keller einfach einen kleinen Müllbehälter oder Aschekasten aus einer Klappe aus dem Bauch zieht und entleert. Der Mensch geht aufs

Klo und benutzt im besten Fall, aus westeuropä-ischen, hygienischen Gründen Papier, um sich zu säubern. Bepackt wie ein Maultier für eine Himalaya Expedition geht es zurück zu meiner Wohnung. Es sind nur drei Straßen, doch schon als ich in die erste einbiege, fängt es an wie aus dem Nichts zu regnen. Nicht nur so ein biss-chen. Nein, wie unter einer Massage- Dusche. Nur ein Eimer direkt ausgeschüttet, wäre mehr Wasser. „Ja, genau", fluche ich laut in den Him-mel. An der Haustür angekommen, hört der Re-gen genauso wieder auf, wie er angefangen hat. Als hätte jemand einen Hahn zugedreht. Meine Plastikeinkaufstüte hat sich mit gut einem Zen-timeter Wasser gefüllt. Der Papierkarton der Cornflakes unter meinem Arm ist aufgeweicht. Noch großartiger läuft es, als ich meinen Schlüs-sel aus der Hosentasche krame, wofür ich erstmal nur das Klopapier abstellen muss. Dabei rutscht die Einkaufstüte von der Schulter, bricht mir fast den Arm, knallt auf dem Boden und die Hälfte fliegt raus. Und weil das heute mein Glückstag ist, geht ein Plastikeimer griechischer Joghurt dabei kaputt und verteilt sich vor der Tür auf dem Boden, meinen Schuhen und der Hälfte des Einkaufs.

Es ist wie beim Domino. Drei Sachen passieren gleichzeitig. Eine Kettenreaktion. Ein Stein fällt, fallen alle. Die mürrische Nachbarin aus dem Erdgeschoss kommt in dem Moment aus der Tür. In ihrer gewohnt freundlichen Art weist sie mich darauf hin: "Das machen sie aber weg" und schenkt mir einen Blick des Todes. Wahrscheinlich ist sie mir immer noch böse, dass ich vor kurzem einen Sektkorken knapp neben ihr auf der Terrasse habe landen lassen, als Eva zu

Besuch war. Und das musste natürlich gebührend gefeiert werden mit einem Schluck Puffbrause auf dem Balkon. Nachdem ich also meine Joghurt-Schmiererei-Einkäufe eingesammelt und in den dritten Stock geschleppt habe, laufe ich mit einem vollen Wassereimer wieder nach unten und spüle den Joghurt über dem Fußweg zum Regenabfluss in der Straße. Passanten, die vorbeikommen, schütteln den Kopf. Langsam bin ich richtig sauer und will ihnen hinterherschreien: „Nein, ich habe nicht am Samstagmittag mitten auf die Straße gekotzt, weil ich gestern feiern war."

Zurück in der Wohnung nehme ich erstmal eine Kopfschmerztablette. Hält ja niemand aus, dieses Elend. Und apropos Elend. Was ist eigentlich mit dieser elendigen Warterei auf ein Zeichen von Ole. Sein Rendezvous mit der

Einhebelmischbatterie müsste doch zu Ende gegangen sein. Mit einem „hey, du" gebe ich per WhatsApp ein Zeichen, dass ich erreichbar bin. Kann man doch mal machen. Ist nicht zu aufdringlich. Nachdem alle Lebensmittel wieder in ihrem Originalzustand zurückversetzt und verstaut sind, eine neue Tasse Kaffee gekocht und ein kleines zweites Frühstück gemacht ist, schaue ich noch einmal auf mein Handy. Oles Nachricht kann aber auch ein Missverständnis sein: „Ich war einen Haufen machen, koche Essen denn gerade von der Arbeit heim." Um uns über unsere Verdauung auszutauschen, ist unser Beziehungsstatus noch etwas früh. Kopfschüttelnd starre ich auf mein Telefon. Ole tippt wieder, steht da. Pling, Pling. „Blöde Autokorrektur. War Einkäufe machen. Sollte das eigentlich heißen. Denkst jetzt bestimmt, ich bin voll der perverse Spinner?" Ja, das tue ich und über-prüfe schnell, ob mit der Autovervoll-ständi-gung der App wirklich solche Sätze entstehen können. Tatsache. Gut, dass ich das nie nutze, denke ich erleichtert und stelle die Funktion wieder aus. „Gut, dass du das Missverständnis aufgeklärt hast. Dachte wirklich kurz, du bist ein Freak", tippe ich nach 5 Minuten. Das kleine Spielchen gönne ich mir. Soll er ruhig kurz den-ken, dass er mich verschreckt hat. In den nächs-ten zwei Stunden werden dann erst einmal Stan-dard-informationen ausgetauscht. Ole wohnt auf halbem Weg zwischen Hamburg und der Ostsee. Der Ort nennt sich Rümpel. Finde ich sehr sympathisch, so ein ulkiger Name. „Meine Großeltern leben hier in einem großen Haus. Da ist genug Platz für mich und ich kann, mich ein bisschen um sie kümmern", schreibt er. Ein

Familienmensch? Interessant. Und das gibt einem Sympathiepunkt mehr auf meiner imaginären Liste. Aufgewachsen ist Ole in Hamburg, arbeitet als Zugbegleiter. Donnerwetter, das hätte ich jetzt nicht gedacht. Er hat so etwas handwerkliches wie Kfz-Mechaniker oder Tischler. „Aber es trifft sich gut, denn ich habe ja kein Auto und fahre sehr viel mit der Bahn", schreibe ich und darauf kommt ein Grinsen zurück. „Ich würde dich gern zum Essen einladen, gerne auch in Hamburg. Hast du nächste Woche Zeit", taucht mit einem Pling pling auf meinem Bildschirm auf. Wieder eine Überraschung. „Hier wird nicht lang gefackelt, das finde ich gut. Lass mich immer gerne zum Essen einladen. Bei mir passt es bis auf Montag und Mittwoch", das ist zwar gelogen, aber so wirke ich wenigstens beschäftigt. Er soll ja nicht denken, dass ich keine

Freunde, keine Hobbys und kein Leben habe. Bloß nicht den Eindruck machen, dass du immer verfügbar bist, hat mir Eva mal geraten. Wir verabreden uns für Dienstag, 20 Uhr.

SITZUNG 5 – ICH HÖRE WAS DU SAGST, VERSTEHE DICH ABER NICHT

„Wenn sie immer nur rechts abbiegen, kommen sie am Ende immer wieder dort an, wo sie jetzt sind. Überlegen Sie mal, welche Art von Mann sie immer wieder angezogen hat. Mit Verlaub, keiner von denen war im Ansatz wirklich erwachsen und stabil genug, um eine Beziehung zu führen. Also warum haben Sie immer wieder die gleichen Entscheidungen getroffen, um am Ende an derselben Stelle zu landen?" Nachdem ich von den 90 Minuten, die wir in einer Sitzung haben, wieder 60 Minuten nur darüber gesprochen habe, was Paul gemacht hat oder nicht gemacht hat, wie viele Nachrichten ich wann bekommen habe und zu welchem Zeitpunkt ausgerechnet nicht, hat mich Herr Kraus unterbrochen. „Ich habe darauf gewartet, dass er sich entscheidet, was er will", sage ich. Und während die Worte aus meinem Mund kommen, verstehe ich, was ich da eigentlich sage. „Überraschend, oder?" Herr Kraus scheint mir meine Erkenntnis offenbar anzusehen. „Jetzt ist nur noch eine Frage zu klären: Warum warten sie und lassen damit ihr Leben an sich vorbeiziehen, sodass Sie hier sitzen und mir erzählen, was sie alles verpasst haben und ihre wertvollen Jahre verschenkt haben?" „Das weiß ich ja auch nicht." „Oh doch, das wissen Sie. Man sägt nicht an dem Ast, der einem das letzte bisschen Halt gibt. Vor allem dann nicht, wenn man noch nicht wissen kann, wohin die Reise danach geht." „Also bin ich geblieben und habe gewartet", kaum hörbar spreche ich diese sieben Worte aus. „Und dass ist ihnen nicht das erste Mal passiert. Nur dieses Mal hat der Mann den Druck offenbar nicht ausgehalten und die Reißleine gezogen. Verstehen Sie mich nicht falsch, so wie ich sie erlebe und kennengelernt habe, brauchen sie einen Partner, der schon wissen sollte, wo er hingehört, was er vom Leben erwartet." „Das stimmt, da haben Sie Recht." Doch anders als diese Aussage klingt, bin ich niedergeschlagen. „Wie konnte ich so blöd sein?" „Das passiert vielen Menschen", sagt Herr Kraus schnell. „Keine Sorge. Wir vergessen in Partnerschaft manchmal, dass sich jeder individuell auch weiterentwickelt. Der eine schneller, der andere langsamer. Das heißt nicht, dass man von Anfang an blind war und sich bei jemandem getäuscht hat oder hat täuschen lassen.

Manchmal verstehen wir uns einfach nicht. Wir begreifen nicht, was der andere oder die andere von uns will oder erzählen möchte. Anstatt einfach zu akzeptieren, dass wir nicht einer Meinung sind, völlig andere Dinge wollen oder dass es gerade einfach Nonsens ist, geben wir es einfach nicht zu. Nein, es muss doch passen. Wir müssen uns doch verstehen. Wenn nicht, macht die Beziehung keinen Sinn. Also drücken wir und ziehen wie bei so einem Koffer, der nicht zugehen will. Wir setzen uns drauf, schieben, hier, ruckeln da, bis dann endlich der Reiß-verschluss zugeht. Die Sachen drin sind zerknüllt, verbogen oder sogar kaputtgegangen. Aber der Koffer muss zu. Das Gespräch musste geführt werden. Das musste jetzt zu Ende diskutiert werden. Puh, das ist nicht nur anstrengend, sondern macht dann auch noch keinen Sinn.

Warum sagen wir nicht einfach: Ich versteh dich nicht. Akustisch nicht, inhaltlich nicht, emotional nicht. Was auch immer. Es sollte doch okay sein können, dass sich nicht immer alle gut verstehen. Für manche gescheiterten Beziehungen wäre es ein Segen gewesen, hätten die Beteiligten schon viel früher erkannt, dass sie aneinander vorbeireden. Das man den Humor nicht teilt. Oder überhaupt ganz andere Ansichten da sind. Klar kann das der Gegenüber auch falsch verstehen. In Form von „Du gibst dir nicht genügend Mühe". Aber genau das sollte es doch grundsätzlich erst mal nicht machen. Mühe. Wenn wir uns so sehr anstrengen müssen, eine Beziehung aufzubauen, aufrechtzuerhalten oder auszubauen, dann stellt sich die Frage, ob wirklich jeder weiß, was er oder sie will. Und wenn die Klarheit darüber nicht da ist, dann haben wir uns bisher einfach nicht gut verstanden." Das waren sehr viele Informationen auf einmal. Für kurze Zeit ist der Raum absolut still. Herr Kraus und ich trinken einfach nur Kaffee und schauen gemeinsam zum Fenster hinaus.

„Sie haben Recht. Ich hatte schon immer ein kompliziertes Verhältnis mit Männern", sage ich ohne ihn anzusehen. Es fühlt sich für den Moment so an, als säße ich mit einer Freundin in einem Kaffee. Man beobachtet Leute und tauscht nebenbei die wichtigsten Informationen aus. „Wie meinen Sie das?" fragt Kraus nach. Auch er sieht mich nicht an. Ich habe mich inzwischen so auf dem Sofa in seiner Praxis zurechtgeruckelt, dass ich nach draußen auf eine Tanne gucken kann, die direkt vorm Fenster steht. Ich finde das sehr symbolisch, weil ich so tue, als hätte ich den absoluten Weitblick. Aber am Fenster ist eigentlich schon Schluss. „Haben Sie ein Beispiel?" fragt Krause noch mal nach und schielt jetzt doch ganz interessiert über seinen Brillenrand. „Mir fällt sogar das perfekte Beispiel ein. Ich saß mal mit meinem Ex-Freund zusammen bei meinen Eltern an der Geburtstagskaffeetafel, hatte in der Nacht zuvor mit dem Azubi aus einer Firma geschlafen, für die ich gearbeitet habe und musste mich vom Melitta-Mann trennen, mit dem ich eigentlich noch gar nicht zusammen war." Herr Kraus sieht mich nicht nur an, sondern hat auch seine Brille abgesetzt und den Kaffee abgestellt. „Aha. Und was glauben Sie, wie Sie in diese Situation geraten sind?" „Das ist eine sehr gute Frage. Mein Ex-Freund hat ein gutes Verhältnis zu meinen Eltern und wollte mitkommen zum Geburtstag. Außerdem fand ich die Idee, damals einen

Puffer zu haben, irgendwie ganz gut. Mit dem Melitta-Mann war ich einige Male ausgegangen. Wir hatten miteinander geschlafen, netter Typ. Aber ich habe schnell gemerkt, dass er nicht der Richtige für die nächste Beziehung sein würde. Er hatte sich da schon viel mehr vorgestellt. Ja, und das mit dem Azubi, der war ganz attraktiv. Er hat aus heiterem Himmel mit mir geflirtet, sich irgendwie herangepirscht. Und als er mich dann im Kopierraum geküsst hat, dachte ich nur: was soll's!?. Ein selbst eingebrocktes Schlamassel." Herr Kraus macht sich wieder eine Notiz. „Es scheint, als wäre es ihn immer schon schwergefallen, nein zu sagen. Und sie machen einfach immer weiter, als wäre nichts passiert. Einmal innehalten und akzeptieren, dass es jetzt ein neuer Startpunkt ist. Ein ganz anderer Nullpunkt als vor 10 Jahren. Als vor 5 Jahren.

Wahrscheinlich sogar als vor 10 Wochen, als sie das erste Mal bei mir waren. Aber sie müssen von null anfangen. Und vorher erstmal kurz Pause machen."

TOAST HIMMEL

Wenn ich auch sonst im Leben manchmal durcheinander bin, wenn es um die Auswahl von Klamotten geht, bin ich ein Ass. Für jeden Anlass habe ich immer auf Anhieb das richtige Outfit. Und wenn sich doch mal nichts Passendes im Kleiderschrank finden lässt, ist zügig was Neues gekauft. Da mache ich keine Gefangenen. „Für das Essen mit Ole habe ich mich für einen schwarzen Einteiler in lang, mit großem, rosafarbenem Lilienblüten Muster entschieden. Das passt sehr gut zu meiner leicht gebräunten Haut. Dazu Peeptoes mit 8cm Absätzen. Damit bin ich so 1,73m, das ist eine gute Größe. Und auch wenn ich Ole am Strand nur von weitem gesehen habe, über 1,85m müsste er sein. Sollte es also zu einem ersten Kuss kommen, müsste ich im Stehen vermutlich ein bisschen auf die Zehenspitzen gehen. Das ist mit das Beste am ersten Kuss", plappert ich am Telefon vor mich hin. Eva schnauft. „Entschuldigung, aber jetzt buche nicht schon gleich die Hochzeitslocation. Es ist nur ein Essen. Und vielleicht lässt, du dass mit dem küssen und allem anderen körperlichen erstmal sein. Wie hat dein Therapeut so schön gesagt: Frau Flachs, Sex bringt sie nur durcheinander." „Ja, hast ja recht. Ich weiß ja noch nicht mal, wie Ole riecht. Vielleicht mag ich ihn ja auch gar nicht riechen", gebe ich ein bisschen undeutlich zurück, weil ich mich eben dazu entschlossen habe, meine Lippen knallrot zu schminken.

Zum Date fahre ich dann mit der U-Bahn. Dort riecht es immer so wunderbar nach Lakritz.

Also nicht überall. Aber an einigen U-Bahn-Stationen werden an kleinen Kiosken Naschtüten und Bonbons verkaufen. Der bevorzugte Geschmack im Norden ist Lakritz oder Salmiak. Keine andere Stadt hat für mich diesen Geruch. Berlin zum Beispiel riecht wie Currywurst von Konnopke. Rostock riecht ein bisschen wie Matjes Brötchen, Meer, Wind und Zwiebel.

„Du redest zu viel auf die Leute ein, das interessiert die alles nicht. Und mich lässt du dann auch nicht ausreden", hatte Paul mal auf dem Nachhauseweg von einer Party in der Bahn zu mir gesagt. Die Party war bei einem Freund von mir. Mit Menschen, die ich lange nicht gesehen hatte. Da tauscht man sich doch mal aus. Paul konnte die anderen noch nie wirklich leiden. Trotzdem, so was sagt man doch nicht zu seiner Freundin oder? Selbst nach mehreren Jahren macht mich diese Geschichte noch so wütend.

Ja, manchmal rede ich ein bisschen zu viel und falle anderen ins Wort. Aber nur bei Menschen, die ich mag. Denn nur dann weiß man ja auch, wie der Satz zu Ende geht. In anderen Kulturen ist das sogar eine besondere Form der Höflichkeit. Für den heutigen Abend nehme ich mir trotzdem vor, nicht so viel zu reden.

Wir sitzen im Restaurant. Ich beobachte schon die ganze Zeit, die zarten Haare auf seinem rechten Arm. Sie sind fast durchsichtig und seine Haut braun gebrannt von der Sonne. Ole riecht gut. Und ich möchte ihn gern in den Arm beißen. Nicht doll. Nur um zu zeigen das ich ihn gut finde. So ähnlich wie angeleckt, damit der Bruder es einem nicht wegnascht. Inzwischen stehen auf dem Tisch nur noch unsere Gläser. Wir haben beide die Hände auf die weiße Tischdecke gelegt, könnten uns berühren, trauen uns aber offenbar nicht. Er lächelt und sagt irgendwas. Ich sehe, dass sich seine Lippen bewegen. Doch ich bin so in meinem Film, dass ich ihm gar nicht zuhöre. Ohne großartig zu denken und nur aus einem Impuls heraus lege ich meinem Kopf auf seinen rechten Arm und halte seine Hand fest. Der Tisch ist ein bisschen größer als gedacht und ich muss fast aufstehen oder zu mindestens meinem Po vom Stuhl heben, um an Oles Arm ranzukommen. Er schaut mich von oben an. Sein Blick schweift über meinen Rücken zum Po und über die Beine zu meinen Füßen, mit denen ich nur noch auf den Zehenspitzen auf dem Boden stehen. „Du bist wirklich süß", sagt der braungebrannte Muskelmann noch und dann kommt sein Gesicht ganz nah zu meinem. Als sich unsere Lippen berühren, fühlt es sich nur wie eine Millisekunde an. So wie aus Versehen. Seine Lippen sind voll und weich und ich will auf jeden Fall mehr davon. Weil ich glaube, dass es an mir liegt und ich einfach zu klein bin für diesen riesigen Tisch, stelle ich mich richtig auf, könnte mich nun allerdings einfach quer über den Tisch legen, um ungefähr in der Position zu landen, in der ich eben war. „Willst du dich nicht einfach zu mir auf die Bank setzen, dann musst du dich nicht so verbiegen und dann gucken vielleicht auch nach alle." Ich lasse kurz meinen Blick über die Terrasse schweifen und tatsächlich blicken fünf von acht Personen in unsere Richtung. „Also wenn ich die wäre, würde mir gefallen, was ich da sehe", versuche ich frech zurückzugeben und setze mich schnell neben ihn. Das war ein dämlicher Satz Louise, ermahne ich mich selbst. „Mir auch", höre ich Ole aus dem Augenwinkel nur noch flüstern, während er meinen Kopf in beide Hände nimmt, zu sich zieht und mir einen langen Kuss gibt. Superkitschig. Und nur auf die Lippen wie im Film. Aber es wirkt, und ich möchte mich einfach nur noch an seine Arme werfen.

Am nächsten Morgen gibt es Toast zum Frühstück. Ich bin im Himmel. Ole kann es nicht wissen, aber Toast ist für mich das außer-gewöhnlichste Frühstück, was es gibt. Der Duft von geröstetem Brot erinnert mich immer an meine Kindheit, wenn weißes Brot getoastet wurde. Ob in der Pfanne zu Hause oder in einem 30 Jahre alten Klapptoaster, durch den immer die Sicherung rausgeflogen ist, in unserer alten Gartenlaube. Wenn ein Tag mit diesem Geruch beginnt und dem Wunsch, einfach ganz schnell Butter aufs Brot zu schmieren, damit sie schmelzen kann, dann kann es nur ein guter Tag werden. Und er beginnt mit Ole.

RAUM LASSEN

„Ich schreibe jetzt nicht", das sage ich mir schon seit exakt zwölf Stunden und 15 Minuten. Seit ich die Augen aufgemacht habe. „Lass mir Raum", hatte Ole gesagt. Okay, verstehe ich. Aber wie viel Raum ist Raum? Und was heißt das eigentlich? Dass man wochenlang nichts mehr voneinander hört? Wie soll das gehen? Wahrscheinlich kann es nur einer Frau so gehen. Nach dem ersten Sex ist die ganze Beziehung eine andere. Also nicht, dass jetzt gleich zusammengezogen werden muss oder die Hochzeit geplant wird. Aber man war sich so nah. Jetzt fühle ich mich wie das billige Cover vom Playboy. Jemand sagt: „Klamotten bitte ausziehen, sei unglaublich erotisch und jetzt mal sitzen bleiben" und zack werden Foto geschossen. Das Cover gucke ich mir dann demnächst noch mal an. Bei einem klassischen One-Night Stand ist das natürlich, was anderes. Aber mit jemandem intensiv schreiben, daten und Gedanken austauschen. Und dann schläft man irgendwann miteinander, DAS ist was anderes. Da hat man sich doch schon längst auf was eingelassen. War der Sex jetzt nicht besonders, findet auch jeder wieder einen Ausweg aus der Nummer. Aber Ole hat eine ganze Nacht mit mir verbracht. Gesagt, dass es superschön war, dann drei Tage nur Halbsätze als Nachrichten. Jede Anspielung meinerseits auf eine Wiederholung lief ins Leere. Bis gestern Abend die Nachricht kam: „Lass mir Raum." Es gibt mir Rätsel auf. Auch männliche Freunde, von denen ich in einer Blitzumfrage drei kontaktiert habe, konnten nicht wirklich helfen. „Der will keine Beziehung“, meinte Felix. „Das typische heiß und kalt Spiel“ schrieb Malte. Und am niederschmetterndsten war die Antwort von Thomas „Er hat ja bekommen was er wollte.“ Kurz habe ich überlegt, die Freundschaft zu ihm, also zu Thomas, zu kündigen. Er sagt immer genau das, was ich nicht hören will. Oft entspricht das der kalten und erbarmungslosen Realität. Seine Ehrlichkeit kotzt mich an und dafür liebe ich ihn. Alle drei meinten: auf keinen Fall eine Antwort schreiben. Also schreibe ich jetzt nicht und gucke trotzdem alle 5 Minuten auf mein Handy, ob er nicht geschrieben hat. 30-mal insgesamt. „Lou, einen Tag wirst du es ja wohl mal schaffen“, sage ich mir selbst. Denn was würde passieren, wenn ich mich melde und er sich nicht zuckt? Das wäre schrecklich. Aber warum? Damit wäre das

Playboy-Cover schon in einer Nachttischschublade oder neben dem Klo gelandet. Ich schreibe also nicht. Vier Tage lang. Dann rufe ich Eva an. „Ich versteh dieses Spiel nicht. Wir hatten doch eine gute Zeit zusammen. Und jetzt hätte ich gern mehr davon." „Also war der Sex so gut?" fragt Eva nach. „Es war schön. Madonna Style: Die jungen Männer wissen zwar nicht, was sie machen, aber dafür machen sie es die ganze Nacht." Wir müssen beide lachen, weil wir beide schon andere Erfahrungen gemacht haben. Kurze und einmalige Gelegenheiten in einer Nacht, sind keine Seltenheit bei Männern unter 30. „Weißt du, ich mag ihn. Im Sinn von ‚ich finde ihn interessant und heiß'. Ob das eine Nummer für die Ewigkeit ist. Keine Ahnung, aber jetzt will ich erst einmal mehr von ihm, und das kriege ich irgendwie nicht. Das stachelt meinen Jagdtrieb an", versuche ich zu erklären.

„Puppe, du bist nicht auf der Jagd. Du bist beleidigt. Heiß gemacht und dann fallen gelassen. Da wäre ich auch beleidigt", gibt mir Eva in ihrer gewohnt trockenen Art zurück. „Hör mal auf ständig die Luft anzuhalten, wie du es immer machst, wenn du angespannt bist. Atme durch und entspann dich." Erschreckend, wie gut mich diese Frau kennt. Und Recht hat sie. „Keine Ahnung, warum mir die ganze Geschichte so wichtig ist. Warum er mir so wichtig ist. Er ist der erste nach Paul. Ich schreie so sehr nach Aufmerksamkeit, auch wenn sie eigentlich bedeutungslos ist. Also werde ich versuchen, mich mal wieder selbst ein bisschen auszuhalten. Denn so richtig leiden kann ich mich nicht. Und wer soll mich dann mögen?" Ich atme einmal. Sage Eva das ich sie lieb habe. Leg auf und gehe ins Bett! Die Augen zumachen, ist jetzt sowieso die beste Entscheidung. Ein paar Stunden später rufe ich Eva wieder an. „Heute hätte ich Jahrestag. Na, was meinst du. Ob die anderen beiden das gerade feiern? Keine Ahnung. Ist mir auch egal. Sollen sie ihre Fantasien doch ausleben, auch wenn sie es mögen, sich gegenseitig ins Gesicht zu furzen, dann sollen sie das machen." Ich habe wieder keine Luft geholt und alle Sätze mit einem Atemzug ausgesprochen. Jetzt schnappe ich nach Luft. Am anderen Ende des Telefons bricht ein schallendes Lachen aus. Gut, vielleicht bin ich ein bisschen übers Ziel hinausgeschossen. „Aber doch war", denke ich. Im gleichen Moment bin ich von mir selbst überrascht. Habe ich den Meilenstein erreicht, dass mir wirklich egal ist, was Paul tut? „Na ja so egal scheint dir das alles hier nicht zu sein", sagt Eva

„sonst würdest du das ja jetzt nicht so drastisch ausdrücken. Lass mal weiter locker Puppe. Es braucht die Zeit, die es braucht." Ja, das ist es. Ich verliere die Geduld mit mir selbst, kann mich in meinem Elend selbst nicht mehr leiden. Wie soll mich dann jemand anderes gut finden? Es kommen noch drei weitere gut gemeinte Ratschläge, was ich jetzt machen könnte oder soll. Dann lege ich auf und gehe zurück ins Bett.

SITZUNG 6 – BLUMEN GIEßEN

„Kennen Sie das Geräusch, wenn beim Blumengießen das Wasser in der Erde versickert?" Die Antwort von Herrn Kraus warte ich gar nicht ab. „Sickern ist nicht das richtige Wort, es sinkt ein. Und wenn man richtig zuhört, kann man die kleinen Wege hören, die das Wasser nimmt, bis es an den Wurzeln der Pflanze angekommen ist. So komme ich mir gerade vor. Ich sinke zurück zu meinen Wurzeln. Ich gucke unterwegs noch mal auf die kleinen Erdklumpen, die sich in den letzten Jahren angesammelt haben, die ich nicht bemerkt habe. Über die ich wahrscheinlich sogar einfach darüber hinweg gestiegen bin, anstatt mich mal mit ihnen zu beschäftigen." „Mmh", brummt Herr Kraus und sieht mich über seinen Brillenrand mit leicht zugekniffenen Augen an. Dieses Gesicht macht er immer, wenn er versucht nachzuvollziehen, was ich da eigentlich gerade sage. Häufig ist das, was er versteht oder erkennt etwas ganz anderes, als das was ich erklären wollte. „Sie machen Fortschritte, Frau Flachs, ganz, ganz kleine. Aber immerhin. Sie scheinen nicht mehr nur in der Vergangenheit zu hängen, denn immerhin gießen sie ihre Blumen wieder. Das bedeutet Hoffnung. Sie haben die Zukunft, das Wachstum noch nicht aufgegeben." Genau das, was ich nicht erwartet habe. Manchmal bin ich kurz davor ihn zu fragen, ob er zugehört hat. Hat er und das nicht nur oberflächlich. „Sehen sie" setzt Kraus noch einmal an und beugt sich auf seinem Stuhl etwas nach vorn zu mir. „Wie Sie schon sagen. Das Wasser macht sich auf den Weg zur Wurzel, auf mehreren Wegen. Bei jedem mal Gießen, jeden Stein dreimal umdrehen, das können Sie schon machen. Aber dann bleiben sie in ihrer Traurigkeit gefangen. Ich schlage vor, sie nehmen sich beim Blumengießen jede Woche EINEN Gedanken vor und den lassen Sie dann mal sinken, wie Sie sagen. Das Gleichnis gefällt mir. Und daran wachsen sie dann genau wie ihre Pflanzen."

„Andere Frage Herr Kraus: Wie geht man aus, wenn man sich nicht schön findet? Wie lernt man jemanden kennen, wenn man sich gerade nicht selbst auskennt? Spielt das Äußere immer die größere Rolle? Oder geht das auch, wenn man sich innerlich nicht schön findet?" frage ich. „Können wir uns nicht einfach mal mit uns selbst befassen? Ohne Neid, Missgunst und diesem permanenten vergleichen und wetteifern miteinander. Was wissen wir denn, wie sich jemand anderes fühlt oder was ihm oder ihr gerade durch den Kopf geht. Nur weil nach außen alles in Ordnung zu sein scheint, heißt das doch nichts. Mir geht's beschissen und bei anderen ist immer alles Friede, Freude, Eierkuchen. Ich möchte gern einfach weitermachen. Aber irgendwie lässt mich Paul nicht los. Und gleichzeitig weiß ich, dass es gar nichts mit ihm zu tun hat. Ich bin es, die nicht loslassen kann. Also bitte sagen sie mir, wie ich weitermachen kann."

„Alles auf Anfang. Erstmal müssen sie akzeptieren, dass ihr Ausgangs-punkt ein neuer Null-punkt ist."

JETZT WIRD ALLES ANDERS

Ole hat mich gefragt, ob ich mit ihm mit dem Zug nach Leipzig fahren will. Morgen geht es zurück nach Hamburg. Ich bleibe hier und er übernachtet in München. Die Fahrt nach LE war alles andere als gewöhnlich. Ole macht seinen Job mit Begeisterung, nicht so mürrisch wie manch anderer. Als er festgestellt hat, dass im Bordbistro alles funktioniert und auch alles da ist, hat er das genauso den Fahrgästen mitgeteilt. „Meine Damen und Herren, ich möchte sie noch auf unser gastronomisches Angebot im Zug aufmerksam machen. Sie werden es nicht glauben, aber wir haben alles im Sortiment und alle Geräte funktionieren noch. Dieses einmalige Erlebnis sollten sie sich nicht entgehen lassen.

Wir freuen uns auf Ihren Besuch im Wagen acht." Ich grinse über beide Ohren, weil ich nicht genau weiß, ob er das immer so macht oder mir imponieren will. Es funktioniert in jedem Fall. Vielleicht gibt er sich auch extra Mühe. Die letzten vier Tage waren etwas holprig. Nach unserer gemeinsamen Nacht und seiner Nachricht „Lass mir Raum." war so gut wie Funkstille. Nach zwei Tagen musste ich mich melden. Ein „Hallo! Und wie geht's?" tut ja keinem weh. Und was habe ich zu verlieren? Nix, denn ich habe ja auch nichts. Um die Zeit herumzukriegen und nicht verrückt zu werden, bin ich jeden Tag spazieren gegangen, am Kanal, zur Schanze bis zum Schulterblatt. Immer aufgedonnert wie eine Elster, um Blickkomplimente zu bekommen. Vor der „Katze" ist jetzt in den Sommermonaten Schaulaufen angesagt. Doch jeder

Blick den ich bekomme, reicht nicht aus. Zwei Briten, die sich darüber austauschen „Oh she is a hot girl." lassen mich schmunzeln, aber es verpasst mir einen kleinen Nadelstich ins Herz. Sie sind nicht Ole und vor allem sind sie nicht Paul. Warum mich das nach den vergangenen Monaten noch so sehr triggert, weiß ich nicht. Also schon. Aber ich will nicht darüber reden. Wäre Ole doch einfach die leichte Zerstreuung, die er sein soll, dann wäre das alles nicht so verklebt. So verklebt von Liebe wie die letzten fünf Jahre waren. Der klare und neutrale Blick fehlt.

War ich nicht spazieren habe ich Ole auf Facebook gestalkt. Jedes Foto und jede Story wird genau angeguckt. Da er sehr viel Wert auf seinen Körper legt, postet er viele Bilder. Die ich nicht deuten kann, schicke ich an Eva. „Sieht das für dich auf diesem Bild hier wie ein Penis aus?", ist eine der absurdesten Konversationen. Zu sehen war ein Männerbein in kurzen Sporthosen ausgestreckt auf einem Sofa, die Hose wölbt sich an der Leistengegend oder ungefähr auf Höhe einer Hosentasche. „Ein bisschen", ist Evas Antwort „Aber wieso nochmal rate ich hier sichtbare oder unsichtbare Schwänze." Solche Aussagen bringen mich wieder auf Spur, lenken mich ab und neutralisieren. Leider hält das nur für einen kurzen Moment. Dann geht der Blick schon wieder zurück aufs Handy. Am dritten Tag kam dann die Einladung zum gemeinsamen Zug fahren.

Es hat ein besonderes Flair, durch die Straßen von Leipzig zu laufen und der Stimmung zu lauschen. Sicher geht es vielen so, die hier leben, dass sie es nicht mehr als etwas Besonderes wahrnehmen. Ging mir nicht anders, als ich noch hier gewohnt habe. Jetzt, als Besucherin, kommt der Zauber wieder. Wie bei so vielen im Leben weiß man die Dinge erst zu schätzen, wenn man sie nicht mehr hat. Viel zu selten gehen wir, wenn es am schönsten ist. Und hier war es schön, als ich gegangen bin. Paul und ich hatten uns zwar auch hier nach einer gemeinsamen Wohnung umgesehen. Doch der Beruf hat uns dann doch erst in die Provinz und später nach Hamburg gebracht. Ob ich mein erfülltes Stadtleben für ihn aufgegeben habe, hat er mich irgendwann mal gefragt und mir gestanden, dass er bei jedem meiner Besuche in Leipzig Angst hatte, dass ich nicht zu ihm zurückkommen würde. Warum sollte das passieren? Kann die Liebe und Sehnsucht nach einem Zuhause stärker sein als die Liebe zu einer Person, einem Partner? Das eigene Heimweh bringt einen dazu so zu denken. Ich kenne dieses Gefühl nicht. Heimweh. Wahrscheinlich, weil ich als erwachsener Mensch nie lange genug an einem Ort gelebt habe, um ihn Heimat zu nennen. Beziehungsweise ich habe mich für eine gewisse Zeit überall heimisch gefühlt. Ich trauere nichts nach. Glaube nicht ans Verpassen. Außer das Ende einer Liebe. Da fällt es mir schwer.

„Was wäre wenn?" ist dann immer die Frage, die sich viel zu lange hält. Was wäre, wenn wir hiergeblieben wären? Hätte die Liebe gehalten? Wäre es Paul genug gewesen? Ich glaube nicht. Er glaubt ans Verpassen. Gibt sich mit nichts zufrieden. Das heißt nicht, dass ich für Stillstand bin. Ob man will oder nicht, nichts bleibt stehen. Alles entwickelt sich. Aber dennoch gibt es kaum einen Tanz, Abend oder Moment, den ich nicht schon irgendwie erlebt habe. Also was gibt es zu verpassen? Und wenn ich das Gefühl haben sollte, mit etwas nicht zufrieden zu sein, dann habe ich alle Optionen offen, um es zu verändern. Manchmal gibt es nur radikale Lösungen. Ging mir selbst schon so, keine Frage. Nur mit einem gewissen Alter sollte sich endlich Gelassenheit und Reife einstellen. Und das Glück dauerhaft bleiben. Das hoffe ich zumindest.

HEIMLICHE LIEBE

Tage lang gab es nach unserer Rückkehr nach Hamburg wieder kein Bild, kein Ton von Ole. Dafür eine Instagram-Story nach der anderen. Am Strand, im Park, nachts auf einem freien Feld. Ich bin kein eifersüchtiger Mensch, weshalb mir in erster Linie nie der Gedanke gekommen ist, dass auch eine andere Frau bei ihm sein könnte. Warum auch? Ich wäre ja verfügbar.

Aber es ging um eine andere Frau, weshalb Ole für sich sein wollte. Mal in Ruhe nachdenken, wie er mir nun bei einem Glas Wein auf meinem Balkon erzählt. Es ist so eine typische „Wir-müssen-reden-Verabredung". Der Mann trifft sich mit der Frau bei ihr, sodass er je nach Ausgang des Abends auch einfach gehen kann. Am besten ist es schon möglichst spät, dass man im halbdunklen, bei maximal Kerzenschein draußen sitzend, den anderen nur vage sieht und damit auch keine Schamröte bei kleinen Lügen oder Peinlichkeiten entdeckt. Beziehungsweise sieht man auch nicht so genau, wo der Gegenüber eigentlich hinguckt. Wir sitzen also im Funzellicht einer Kerzenlaterne auf meinem kleinen Balkon nicht einmal 1,50m voneinander entfernt und Ole nippt zügig, nachdem er von einer anderen Frau erzählt hat, an die er die letzten Tage gedacht hat, an seinem Wein. In solchen Momenten werde ich ganz ruhig. Alles in mir und meinem Gehirn fängt an zu arbeiten, ganz nach dem Prinzip „Diese Probleme lösen wir schnell und zuverlässig." 1000 Fragen fallen mir ein und die müssen jetzt beantwortet werden. „Ich finde es allerhand und mutig, dass du mir das erzählst", steige ich ins Gespräch ein und wundere mich dabei, woher ich das Wort allerhand jetzt genommen habe. Das benutze ich nie. Bestimmt hat das, was mit dem Schock und der Situation zu tun. „Ich schnalle nur noch nicht ganz, was das jetzt heißt. Also warum? Warum erzählst du mir das? Wir sind ja ganz locker verblieben. Keine Verpflichtung, keine Bindung." „Aber du willst Ehrlichkeit Lou", fällt er mir ins Wort „und das finde ich nur fair dir gegenüber. Ich weiß auch nicht, was das mit uns ist und ob da was war. Du bist, eine tolle Frau und es dir nicht zu sagen wäre scheiße, hauptsächlich feige." „Also danke, dass du mit mir darüber reden willst", sage ich mit einem dicken Kloß im Hals und trinke einen großen Schluck Wein, dass mein Mund für ein paar Sekunden voll ist und ich nicht sprechen kann. Das ist gerade wichtig, denn auf einmal fange ich an zu fühlen. Ein Druck auf der Brust, dort wo das Herz ist. Das ist nicht gut, denke ich kurz. „Ich werde dir die ganze Geschichte erzählen", setzt Ole an. „Kannst du mir noch einen Schluck Wein geben? Oder hast du vielleicht auch noch etwas stärkeres?" Da er viel trainiert, gönnt er sich vielleicht mal ein Glas Wein nach einem harten Training. Oder auch mal ein Weizen. Aber sonst nix. Nach 5 Minuten stehe ich mit zwei Gin Tonic in Hipster Kristallgläser mit runden Eiswürfeln und Gurke im Getränk wieder vor ihm und halte ihm das Glas hin, während er in den Himmel starrt. „Da oben ist der Große Wagen", sagt er, während er am Drink nippt und mit der anderen Hand über das Dach vom Nachbarhaus zeigt. „Ich, weiß", gebe ich zurück, denn jetzt ist keine Zeit, um sich in Sachen

Sternbilder was vorzumachen. „Was ich nicht weiß, ist, was du mir jetzt gleich erzählen wirst. Wofür du offensichtlich viel Mut brauchst, wenn du schon nach einem richtigen Drink fragst. Was ist los Ole? Und bitte mach es kurz und schmerzlos." Wieso habe ich jetzt schmerzlos gesagt. Das ist nicht gut Louise! „Okay, aber bitte hör mir erst zu Ende zu. Ich weiß nämlich immer noch nicht, was ich davon halten soll. Und wenn du was dazwischen sagst, dann komme ich durcheinander. Also. Es gibt da eine Kollegin", fängt Ole an zu erzählen. Kollegin nicht gut. Sie hatten eine Affäre, nicht gut. Kurz vor ihrer Hochzeit hat alles angefangen. Sie ist verheiratet. Nicht gut für Ole. Inzwischen läuft nichts mehr zwischen den beiden. Schon bevor wir uns kennengelernt haben, hatten die beiden das Ganze beendet. Okay, diese Information ist nicht schlecht. Vor sieben Tagen hat sie sich dann bei ihm gemeldet und gesagt, dass sie schwanger ist. Ach, du Scheiße! Louise, dass ist überhaupt nicht gut. „Lauf", läuten meine Alarmglocken. „Und jetzt, wo ich es weiß, sind die Dinge auf einmal kompliziert", sagt Ole. Dann Stille.

Habe ich jetzt irgendwas verpasst? Wie komme ich raus aus der Nummer? „Ole", versuche ich es vorsichtig und merke, dass meine Zunge schwer ist. Denn offenbar habe ich den Gin Tonic in zwei Zügen ausgetrunken. „Bist du der Vater!?" Ups, so rausgepoltert wollte ich das nicht machen. Jetzt bin ich froh, dass es Halbdunkel ist und er nicht sehen kann, dass ich einen knallroten Kopf bekommen habe. „Ich weiß es nicht Lou. Eigentlich kann ich es nicht sein. Wir haben immer Kondome benutzt. Also wenn es dann richtig losging", antwortet er mit einer Stimme, die so klingt, als würde er gleich in Tränen ausbrechen. Ich muss kurz raus aus der Situation. „Ich mache mir noch einen. Willst du auch einen?" frage ich und wedele mit meinem leeren Glas, in dem noch nicht mal der Eiswürfel geschmolzen ist. „Ich habe noch", sagt Ole fast erleichtert für den Themenwechsel und räuspert sich.

Scheiße, scheiße, scheiße, scheiße! Was mache ich jetzt? Eva kann ich nicht anrufen, das wäre zu auffällig. Und warum drückt mein Brustkorb immer noch so doll? Es läuft alles überhaupt nicht wie geplant. Unkompliziert, leicht und etwas Zerstreuung sollte es sein. Im Gegenteil, es wird irgendwie gerade alles eine große Katastrophe. „Reiß dich zusammen", sage ich ganz leise zu mir selbst, als ich auf dem Weg zum

Balkon im Flur am Spiegel vorbeikomme. „Ich kann verstehen, dass du dann mal deine Gedanken sortieren wolltest", fange ich schon im an zu plappern, bevor ich wieder auf meinem Klappstuhl, neben der Kerzenlaterne sitze. „Hast du sie denn gefragt, ob sie weiß, wer der Vater ist?" „Nein", ist die knappe Antwort. „Das ist es auch nicht, was mich so sehr beschäftigt." Jetzt klingt seine Stimme etwas ärgerlich. „Ich verstehe gar nichts mehr. Für sie wäre es sicher schwer, das zu erklären. Aber damit habe ich ja erst einmal nichts zu tun. Nein, es geht darum, dass sie durch ein Kind eine Familie hat. Verstehst du. Wirklich ein Leben ohne mich. Das ist es auch, was sie mir am Telefon gesagt hat. Alles, was war, ist nun endgültig Vergangenheit", erklärt der durchtrainierte und abgebrüht wirkende Mann, ohne Luft zu holen, weil er den Satz hinter sich bringen will. Über seine Gefühle reden kann er also nicht. Gut so, denke ich und versuche im Kopf zu sortieren, dass was Ole da eben gesagt hat. „Du liebst sie", sage ich jetzt mit Tränen in den Augen und in der Stimme. Eine Antwort bekomme ich darauf nicht. Stattdessen einen sehr tiefen Seufzer, gefolgt von einem auf ex ausgetrunkenen dreiviertel Glas Gin Tonic. „Kann ich mir auch noch einen machen?" fragt er und steht schon. „Natürlich" sage ich wie im Trance „steht alles in der Küche." Keine Ahnung, ob es am Alkohol liegt, aber das bekomme ich gerade irgendwie alles nicht verarbeitet. Was hat er da eben gerade gesagt? Beziehungsweise was hat er NICHT gesagt? „Nein, ich liebe sie nicht." Wie lange braucht man denn um das zu sagen? Zwei Sekunden vielleicht. Aber er hat es nicht gesagt. Und in dem Moment merke ich,

wie mir eine kleine Träne die Wange runter-
läuft. „Oh scheiße. Lou, das war so nicht geplant", sagt das Herz und zieht mächtig in meiner Brust. Schnell Träne wegwischen und
zusammenreißen. Louise Flachs, dass ist nur
eine kleine Schwärmerei, das geht wieder weg.
Ich wünschte Eva wäre jetzt in der Nähe. Ist sie
nicht. Aber dafür Ole, der hinter mir an der Bal-
kontür steht. Wie lange schon? „Ich weiß ganz
genau wie du dich fühlst. Wenn du auf einmal
weißt oder verstehst, dass es vorbei ist. Jeder hat
sein Leben zurück oder eben ein neues angefangen. Das tut richtig weh", sage ich schnell und
er muss doof sein, wenn er mir die Tränen nicht
anhört. Ole lächelt ganz still, so sieht es zumindest im Kerzenschein aus. „Du bist echt was Besonderes Lou und es schmeichelt mir sehr, dass
du mich magst. Und da triffst du den Nagel

ziemlich auf den Kopf. Möglicherweise liebe ich eine andere, dummerweise verheiratete Frau, die jetzt ein Baby bekommt, dass zu einem klitzekleinen Prozentsatz von mir sein könnte", versucht er so gefasst es geht zu erklären. „Und dann kommt da eben noch dazu, dass ich dich sehr attraktiv finde. Ob mehr dahintersteckt, wie gesagt: keine Ahnung. Es tut mir leid, dass ich das so sagen muss." Dann halt doch einfach die Klappe. Rede einfach nicht weiter, denn ich habe alles gehört, was ich hören musste, denke ich. Ole spricht weiter, aber ich verstehe nichts davon. Kann keine Informationen mehr aufnehmen. Es ist kein halbes Jahr her, dass ich mit Paul auf unserem Sofa saß und ein ähnliches Gespräch fand statt. Ich kann mich nur noch einmal fragen, wie ich jetzt in dieser Situation gelandet bin. Als würde ich wie über der ganzen

Situation schweben, beobachte ich diese beiden Personen, die da auf meinem Balkon sitzen. Die eine kämpft mit den Tränen und würde gern weglaufen. Und der andere wirkt ganz erleichtert, dass alles gesagt ist und dass man sich so erwachsen über alles unterhalten kann. Ich habe keine Ahnung, worüber Ole gerade redet. Also sage ich: „Können wir morgen weiterreden. Ich muss ins Bett." Das ist die sehr freundliche Variante von: Verschwindet bitte sofort aus meiner Wohnung. „Aber versprich mir, dass wir das alles nicht einfach so stehen lassen", sagt er auf dem Weg nach draußen, stellt sein Glas in die Spüle und sagt im Flur noch den Satz: „Danke, dass du das alles so ohne Hysterie und Geschrei aufgenommen hast. Da fällt mir ein Stein vom Herzen. Ich hatte die schlimmsten Befürchtungen." Dann fällt die Tür ins Schloss. Die gute

Nachricht ist, ich habe noch ein Herz. Die schlechte: Es ist gerade ganz kurz stehen geblieben.

Die ganze Nacht tue ich kein Auge zu. So schön und so unkompliziert die ganze Sache angefangen hat, so verkorkst ist sie jetzt. Und noch mehr Schwere und Chaos kann ich irgendwie gerade in meinem Leben nicht gebrauchen. Also tippe ich mit zittrigen Fingern Oles Namen in meinen Kontakten ein. Mit zugekniffenen Augen drücke ich auf den grünen Hörer und es tutet in der Leitung. „Louise alles in Ordnung? Es ist halb 6 Uhr morgens" kommt es wie aus der Pistole geschossen. Seine Stimme klingt total verschlafen, ganz rau und heiser. „Das ich schon so früh anrufe, tut mir leid. Aber ich halte das überhaupt nicht mehr aus und muss mit dir reden. Ehm, also", fange ich an zu stammeln. Nur Mut,

Louise. Augen zu und durch. „Ich kann das so alles nicht. Keine Ahnung, was das mit uns ist. Aber ich weiß, was es nicht ist. Es ist nicht leicht. Es ist keine Zerstreuung und es ist kompliziert. Und so leid mir das tut, aber das brauche ich im Moment nicht." Ich mache eine kleine Pause. Am anderen Ende Stille. „Und wahrscheinlich ist es für dich und dein ganzes Durcheinander im Moment auch die beste Entscheidung, also der beste Weg. Was meinst du?" Am anderen Ende weiter Stille. Nur atmen. „Hallo?" frage ich zur Sicherheit noch mal. „Ich hab dich schon gehört, aber ich verstehe nicht, was du sagen willst. Vor allem es ist 05:30 Uhr morgens", murmelt er in den Hörer. „Kannst du noch mal anrufen, wenn wir beide bei klarem Verstand sind, also so gegen 10 Uhr?", nuschelt Ole noch mal. Der Schreck war offenbar nicht groß genug, dass er wirklich wach geworden wäre. Ich habe mal gehört, dass man, um Menschen sofort aus dem Schlaf zu holen, *Notfall* sagen soll. Das habe ich jetzt natürlich nicht gemacht. Aber irgendwie ist es ein Notfall, zumindest für mich. Denn mein Herz zerbröselt gerade wieder und ich habe es mir doch in den vergangenen Monaten so mühevoll wieder zusammengeklebt. „Nee Ole, das können wir jetzt nicht später bereden", sage ich. „Notfall" schiebe ich etwas energischer hinterher. „Hm", murmelt es nur in der Leitung. „Notfall, Ole. Notfall." Mit einem Piepton ist aufgelegt. „Hallo?", vergewissere ich mich noch einmal. Da ist wirklich keiner mehr dran. Absolute Stille.

SITZUNG 7 – ALLES EINE FRAGE DER PERSPEKTIVE

„Sagen Sie mir einfach, was ich machen soll", schniefe ich in einen letzten trockenen Zipfel meines Taschentuchs. Heute ist kein guter Tag. „Ich fühle mich so allein und weiß nicht, wie ich alles schaffen soll." „Manchmal erkennt man einfach nicht, wie man es besser machen soll. Wie bei einem schiefen Bild, das man anbringt", holt Herr Kraus aus. Noch habe ich keinen Schimmer, wovon er spricht. Das scheint Herr Kraus mir auch anzusehen. „Oder einem Fuß-ballspiel das man im Fernsehen sieht. Wir brül-len dann den Fernseher an, weil dieser oder je-ner Pass nicht gespielt wurde. Aber der Spieler auf dem Feld sieht ja gar nicht was wir sehen. Er

173

hat nur seine Perspektive. Und so ist das auch im Leben. Wir hören von außen 1000 Ratschläge. Wie wir bessere Mütter, Frauen oder Menschen sein würden. Doch diejenigen, die diese Ratschläge erteilen, stecken eben nicht drin. So viele Ängste, Zwänge, Muster beeinflussen unser Handeln. Die kennt niemand außer wir selbst. Also können auch nur wir selbst lernen mit ihnen umzugehen, sie zu durchbrechen oder einfach abzulegen.

Für jemanden der häufig von außen auf alles guckt, ist es sehr schwer, glauben sie mir, nicht ständig einen klugen Rat zu erteilen. Der hilft Ihnen aber nichts. Sie müssen selbst draufkommen." Herr Kraus macht eine Pause und guckt mich tröstend an. „Neues Taschentuch vielleicht?" und wie aus dem Nichts hält er mir eine, mit gelben Minions bemalte Pappschachtel mit

Taschentüchern hin. „Danke", und ich muss ein bisschen schmunzeln. „Albernen Trick mit der bunten Schachtel. Schon mal überlegt Zauberer zu werden?" Inzwischen weiß Herr Kraus ganz genau, dass ich wenig Geduld habe. Für ein Problem muss immer so schnell wie möglich eine Lösung her. Auch wenn ich erstmal gar nicht weiß, wo das Problem überhaupt liegt. „Warum glauben sie, nicht zu wissen, wie man allein ein Leben führt?" unterbricht Kraus meine Gedanken. „Keine Ahnung. Weil ich das noch nie gemacht habe." Über diese Erkenntnis bin ich erstaunt. „Tja, ihr Blick auf ihr Spiel ist ein anderer. Der Weg zum Tor zu kommen, war anderes auf der Taktiktafel, die sie auswendig gelernt haben. Jetzt macht ihr Abwehrspieler aber was ganz anderes. Da kann man den Ball schon mal kurzzeitig verlieren." „Warum erklären sie heute alles mit Fußball Metaphern? Das machen sie doch sonst nicht." „Louise, heute Abend ist Stadtderby. HSV gegen St Pauli. Wissen Sie das nicht. Ganz Hamburg ist dann für einen Tag nur Fußball." Gleichgültig zucke ich mit den Achseln.

„Ich habe in Hamburg einen Lieblingsplatz" sage ich nach einer Weile nachdenken. „Den habe ich ganz für mich allein entdeckt, bei schlechtem typischen Hamburger Wetter: Regen und dazu ein kräftiger Wind. Er ist im Hamburger Hafen zwischen der Fischauktionshalle und dem Fischmarkt. So richtig dort gewesen bin ich allerdings noch nie. Also am Lieblingsplatz selbst. Ich beobachte ihn nur und bis auf ein paar Krähen und Möwen, habe ich dort noch niemanden gesehen. Es ist ein Stück Elbstrand, ganz versteckt zwischen Kaimauer und

Wellenbrecher aus schwarzem Stein. Das Stück Sand ist nicht größer als fünf Quadratmeter. Ein kleines Dreieck, an das die Elbe je nach Witterung, Wetterlage und Tide milde oder tosend klatscht, sachte hinein plätschert oder einfach nur in den Pfützen steht. Bei Sonnenschein, wenn die Elbe leichte Wellen hat und wenn ich die Augen schließe, rauschen es sogar ein bisschen. Dann stelle ich mir immer vor, an einem richtigen Strand am Meer im Urlaub zu sein, in der Sonne liegend. Und es ist wahnsinnig verführerisch für mich, einfach über den Zaun und ein Geländer zu klettern und dort hinunterzugehen. Meine nackten Füße, in denen wahrscheinlich voller Chemikalien und Motoröl triefenden Sand zu stecken und so zu tun, als wäre ich kurz im Urlaub.

„Warum erzählen Sie mir das?" unterbricht mich Herr Kraus. „Weil das der Ort ist, zudem ich mindestens einmal die Woche fahre, um zu grübeln", antworte ich wie aus der Pistole geschossen. „Und bringt sie das weiter? Also das Grübeln?" Das verblüfft mich jetzt. Ist doch gut, wenn man sich mit sich selbst und seinem Handeln auseinandersetzt. „Also ich habe noch nie gehört, dass reflektieren schlecht ist." antworte ich und ziehe eine Schnute. „Sage ich ja auch nicht. Sondern ob sie bei ihrer ganzen Grübelei auch weiterkommen. Erkenntnisse gewinnen?" Darüber muss ich wieder kurz nachdenken. Sicher hat er Recht. Ich beschäftige mich seit Monaten immer wieder mit den gleichen Fragen. Breche immer wieder wegen der gleichen Dinge zusammen und in Tränen aus, wie gerade eben. Wie soll ich weitermachen? „Naja, auf einige

Antworten bin ich noch nicht gekommen. Aber ich habe herausgefunden, dass es mit Ole keine Liebe ist. Ich wollte eine Affäre, die mich über meine Trennung hinwegtröstet. Und alles, was mich bei dem Gespräch mit ihm verletzt hat, sind eigentlich nur alte Wunden gewesen. Und dann frage ich mich, kann mir zweimal der gleiche Fehler passieren. Bin ich der Fehler im System?" Schon wieder kommen mir die Tränen. „Sie können das sehr gut. Sich immer an allem die Schuld geben. Wieder der eingeschränkte Blick aufs Spielfeld." „Aber Ole denkt vielleicht, dass ich fünf Liebhaber an der Hand habe, er nur einer von vielen ist. Meine Freundin Eva hat zu mir gesagt, dass mir ja keiner glaubt, dass ich keinen Sex habe, wenn ich aussehe wie Sandra Bullock."

„Vielleicht mag dieser Ole aber auch einfach Sandra Bullock gar nicht so richtig. Und dachte nur wie sie, dass es mal eine schöne Abwechslung wäre. Vielleicht hören sie mal auf zu suchen und entscheiden sich beim nächsten Mal einfach für den Richtigen.

Ich möchte mit ihnen eine Übung machen – schließen sie mal ihre Augen. Und jetzt atmen sie einmal tief ein. Tief in den Bauch. Und dann versuchen sie mal zu spüren, was das zwischen Brustbein und Bauch ist. Dort sitzt der Solarplexus oder auch das Sonnengeflecht genannt. Einatmen und 2 Sekunden länger aus. Und dann öffnen sie die Augen und beschreiben mal, wie sich das angefühlt hat." Ein aus. Ein aus.

Noch möchte ich meine Augen nicht aufmachen. Denn dort, wo ich zuletzt einen kleinen Feuerdrachen gespürt habe, wird es jetzt auch warm. Aber anders. „Es fühlt sich orange an. Stark und kraftvoll", antworte ich mit geschlossenen Augen, weil ich mir dabei ein bisschen doof vorkomme. „Irgendwie bin ich ganz bei mir. Und fühle mich fast unbesiegbar." Die letzten Laute verschlucke ich fast. Eine dicke Träne rollt mir die Wange runter. Jetzt kann ich Herrn Kraus auch wieder angucken. Wie ich heule, hat er ja schon oft genug gesehen. Doch ich glaube in seinen Augen auch einen leichten Anflug von Pippi zu sehen. Er grinst von einem Ohr zum anderen. „Ich bin sehr stolz auf sie. Denn jetzt sind sie 2 qm orange, wie sie immer wollten. Sie müssen nur die Perspektive wechseln und genau hinschauen."

DAS UNIVERSUM HAT HUMOR

Sowie ein Reißverschluss an einem Anorak, der von unten wieder aufgeht, bis zum vorletzten Knopf von oben. Langsam neigt sich ein verrücktes Jahr dem Ende zu, mit allen Höhen und Tiefen, die eigentlich ein ganzes Leben zu bieten hat. Ich, Louise Flachs war mittendrin, wurde verlassen, habe eine Freundin verloren, hatte einen heißen Flirt und habe auch ein bisschen meinen Verstand verloren. Denn ich stehe gerade vor einem riesigen Regal voller Grußkarten, mitten in einem riesigen Kaufhaus in Hamburg. Wie ich hier gelandet bin, kann ich gar nicht so genau sagen. Es muss eine Art Kurzschluss gewesen sein.

Vor einer guten halben Stunde bin ich Sabbi in der Stadt begegnet. Sie hat einen Kinderwagen geschoben, mit einem richtigen Baby drin. Ein Baby. Schon vom weitem habe ich sie gesehen. Tausend Gedanken sind mir durch den Kopf geschossen. Straßenseite wechseln? Bleiben? Was sagen? Nichts sagen? Schreien? Stehen bleiben? Was zur Hölle sollte ich oder wollte ich sagen, wenn wir uns wieder in über den Weg laufen? Wie lange haben wir uns jetzt nicht gesehen? Das ist doch keine neun Monate her, oder? Und warum schiebt sie da einen von diesen neumodischen, einbeinigen Kinder-wagen vor sich her. In Gedanken und Fragen verloren waren auf einmal nur noch zehn Meter zwischen uns. Sabbi hatte mich inzwischen auch bemerkt und weiß nicht, wohin sie schauen soll. Ihr Kopf ist feuerrot und das Gesicht drückt nichts als

Schuldgefühle aus. Etwas rundlich ist sie geworden. Im Gesicht, um die Hüften und sie hat einen noch größeren Busen als früher. „Hey Louise", sagt sie wie ein Schuljunge, der beim Klauen von Kaugummi erwischt wurde. „Ich. Ich. Ich weiß nicht, was ich sagen soll." So viel Mut hätte ich ihr nicht zugetraut. Ein halbes Jahr keinen Ton und nun macht sie den ersten Schritt, wenn auch ungewollt. „Es ist nicht, wonach es aussieht, wäre wahrscheinlich nicht angebracht", ist meine Begrüßung und ich freue mich das ich in der ganzen Aufregung mein Sarkasmus noch funktioniert. „Nicht fragen einfach machen. Wahrscheinlich ist das die beste Strategie, dass er nicht gleich wieder wegläuft", lege ich noch mal kurz nach. Mit einem Schlag sind Wut und Taubheit wieder da. Angewurzelt und doch mit einem peinlichen Lächeln im Gesicht stehen wir da, eine halbe Ewigkeit. Die peinliche Stille tritt ein. Keiner von uns bewegt sich nur einen Millimeter, als wäre es Augenkampf. Wer blinzelt verliert. Das quietschende Geräusch des Babys beendet den Moment. Sabbi beugt sich in den Wagen, setzt ein freundliches Gesicht auf und fummelt mit der einen Hand irgendetwas rum. „Ich muss los", kommt es aus mir heraus und ich bin froh, dass ich nicht noch irgendetwas dämlicheres sage, wie: Das war schön, dass wir uns mal wieder gesehen haben. Stattdessen gehe ich ohne Gruß an ihr vorbei. Und jetzt bin ich hier gelandet vor den Grußkarten und suche nach einer möglichst hässlichen Glückwunsch-karte zum Baby. Wahnsinn, was in einem Ge-hirn manchmal alles so vor sich geht. Voller Wut und Rache möchte ich eine schreckliche Karte schreiben, mit den Worten: „Ein Hoch auf die

Mathematik, Minus und Minus ergibt Plus." Besonders einfallsreich ist das nicht, doch viel Zeit habe ich ins Nachdenken ja offensichtlich auch nicht investiert. Mir schießt die perfekte Karte ins Auge. Darauf ist ein Baby zu sehen, mit einer Gefängnis Kette um den Hals, die beiden Kettenenden sind an den Füßen von zwei Erwachsenen befestigt. Unter allem steht „Glückwunsch zum Baby. Euer Leben ist zu Ende." Die 1,95 Euro dafür investiere ich gern und gehe mit der Karte in beiden Händen, als wäre es ein Heiliger Gral zur Kasse. Werden wir doch mal sehen, wer am Ende wirklich lacht.

Abgeschickt wurde die Karte allerdings nie. Ich wünsche ich hätte. Genauso wie ich mir wünsche im Streit schon mal Porzellan an die Wand geworfen zu haben. Aber der Stolz verbietet es mir. So sehr will ich meine Fassung nicht verlieren. Und bisher sieht es doch von außen so aus, als wäre ich aber sowas von, erhobenen Hauptes aus der ganzen Sache rausgekommen. Meine Tränen sieht nur Herr Kraus. Und über den Dingen zu stehen, fühlt sich ein bisschen nach Macht in einer ausweglosen Situation an.

SO ETWAS PASSIERT MIR NICHT

Auf den ersten Blick ist es ein ganz normaler Montag. Bis mittags habe ich ein bisschen in meinem Büro gearbeitet. Danach stand eine routinemäßige Untersuchung beim Frauenarzt an. Meine Ärztin hat ihre Praxis in der Rothenbaum Chaussee. Ich ziehe mich dafür immer besonders hübsch an, denn man will ja in Hamburgs Nobelviertel so wenig wie möglich auffallen. Für Dezember ist es ungewöhnlich warm. Die fast Knie hohen, braunen Stiefel lassen meine Füße fast kochen. Meinen Übergangsmantel lasse ich offen. Ich bin vermutlich eine der wenigen Frauen, die ganz gern zum Frauenarzt geht. Klar sitzt man unten ohne etwas verklemmt auf dem berühmten Stuhl. Aber nirgends kann man so ungeniert über sich, seinen Körper und seine Sexualität sprechen. Niemand kennt sich so gut mit dem weiblichen Geschlecht aus, wie ein Gynäkologe oder eine Gynäkologin. Ich hab mir vorgenommen heute über die Optionen einer Schwangerschaft mit meiner Ärztin zu sprechen. Aus mehreren Gründen ist das ein schweres Thema. Zum einen, weil es ja auch keinen Partner gibt. Und ich habe von vielen Frauen gelesen, die mit Mitte 30 ihre Eier einfrieren lassen. Bevor sie alt, schrumpelig und unbrauchbar werden. Ein bisschen emotional ist das ganze Thema natürlich auch. Nachdem ich Sabbi mit dem Baby gesehen habe, lässt mich der Gedanke an ein eigenes Kind einfach nicht los. Also das ich mir dafür alle Optionen offenhalten will. Und irgendwie ist es traurig. Denn ich weiß noch genau wie ich früher mit meinem Bruder Ben mit Puppen gespielt habe. Familie sozusagen. Und wenn wir uns dann neue Namen ausgedacht haben und wie alt wir sind, welche Traumberufe wir haben werden, niemals hätte ich damals gedacht, mit über 30 als Single ohne Kinder zu leben. Das der eigene Kindheitstraum nicht wahr geworden ist, ziept ein bisschen im Herzen, als ich an der Praxistür klingle.

SITZUNG 8 – DIE LÜGE

„Warum war das Thema Kinder für sie in ihrer Beziehung nie ein Thema" fragt Herr Kraus heute gleich am Anfang der Sitzung. Ich habe noch nicht mal richtig meine Position auf seiner Couch eingenommen. „Weil Paul eins wollte und ich nicht", ist meine schnelle Antwort, in der Hoffnung, dass wir jetzt über was anderes reden können. „Also sie wollen keine Kinder? Gar keine?" „Herr Kraus. Ich mag sie. Aber solche Fragen stellt man heute nicht mehr. Wir Frauen können doch wohl bitte selbst entscheiden, was wir mit unserem Körper machen. Und so eine Frage kann auch verletzend sein, weil es ja auch durchaus sein kann, dass man aus irgendwelchen Gründen gern ein Baby haben möchte, es aber nicht geht. Dann treten sie mit ihrer Frage aber voll ins Fettnäpfchen." Ich spiele die Oberlehrerin. Sicher ist das meine feministische Überzeugung, aber für mich ist das Thema auch sehr emotional. Also lieber eine Art Scherz machen und schnell über was anderes reden.

„Tut mir leid, wenn ich sie mit meiner Frage verletzt habe", sagt Kraus und ich sehe ihm an das es ihm wirklich leidtut. Kurze Pause. „Wollen sie darüber sprechen?" „Nein." „Dann sollten wir auf jeden Fall darüber sprechen." „Kann sein, ich will aber nicht."

Seit 8 Jahren habe ich nicht großartig mit jemandem darüber gesprochen. Also warum soll ich jetzt damit anfangen. Ich drehe meinen Kopf von Herrn Kraus weg. Könnte sein das ich Tränen in den Augen habe und ich will nicht dass er sie sieht. An der Wand neben dem Sofa hänge ein komische Bild von einem Blatt. So etwas wie eine extreme Nahaufnahme nur ohne Wassertropfen.

Herr Kraus räuspert sich, sagt aber nichts. Weil ich immer noch nicht hingucke, kann ich nur erahnen, dass die Geräusche neben mir davon kommen, dass er sich auf seinem Stuhl sehr weit nach vorn gelehnt hat und versucht mit ausgestrecktem Hals um die Ecke meines Hinterkopfes zu gucken, auf der Suche nach meinem Gesicht. Ansonsten weiter Stille.

Scheiße, jetzt läuft mir noch eine Träne über die Wange. Wenn ich die jetzt mit der Hand wegwische, verrate ich mich. Wieder ein Räuspern. „Also ich finde solche ‚Wer zuerst blinzelt' Spiele ja spannend. Aber das bringt uns hier nicht weiter." Herr Kraus hat wirklich einen

Frosch im Hals. „Ich will sie zu nichts drängen. Wir können auch über was anderes reden."

„Ich weiß nicht ob es geht", sage ich und klinge so als würde ich richtig doll heulen. Die Nase voll Rotz und Tränen im Hals. Aber ich heul doch nicht. Seit 8 Jahren habe ich deshalb nicht mehr geheult. „Was meinen sie damit?" Die sachlichste aller sachlichen Fragen meines Therapeuten. Aber ich kann ihm die Verwunderung und Neugier anhören. „Glauben sie, sie können keine gute Mutter sein?"

„Nein das ist es nicht. Ich weiß nicht, ob ich überhaupt welche bekommen kann." Meine Stimme wird zum Ende des Satzes ganz leise. Und ich habe meinen Kopf wieder aus meiner Trotziges-Kind-Position zurückgedreht und schaue Herr Kraus direkt in die Augen. Es passiert das, was immer passiert. Seine Augen sagen ‚Oh das tut mir leid'.

Also erzähle ich, so nüchtern wie ich kann. „Vor etwas mehr als 8 Jahren wurde ein Knoten in meiner Burst festgestellt. Krebs. Das wurde operiert. Weil ich so jung war hab ich eine Chemo bekommen. Einmal alle Haare weg. Alles im Körper ruiniert, was man ruinieren kann. Und anstatt der Antibaby-Pille nehme ich seitdem ein Medikament, dass die Hormone in meinem Körper beeinflusst. Ich habe zu der Zeit noch studiert. Keine Kohle. Hab mich geschämt, dass ich krank bin und man mir das auch so sehr ansah. Auf jeden Fall, damals war das Entnehmen von Eizellen für die deutschen Krankenkassen noch so etwas wie experimentelle Medizin. Was Quatsch ist. Aber sie wollten das einfach nicht bezahlen. Ich hatte die 3.000 Euro, die der Spaß kostet, einfach nicht. Also konnte ich es nicht machen. Meine Frauenärztin damals hat mir als alternative eine Spritze verschrieben, die verhindern sollte, dass die Eierstöcke von der Chemo angegriffen werden. Ob das funktioniert hat, versuche ich jetzt herauszufinden. Paul wusste davon nichts. Also das ich möglicherweise keine Kinder bekommen kann. Wer rechnet denn bei einer Mitte 20-jährigen damit, dass sie durch Krebs und die Behandlung schon einen völlig zerstörten Körper hat. Und ich hab mich so geschämt. Also hab ich immer behauptet, dass ich noch keine oder vielleicht gar keine will. Das war einfacher." Stille. Ich starre aus dem Fenster auf den Baum, der davor steht. Fühle mich wie jemand der über eine andere Person spricht. So lässt sich das aushalten. Der Schmerz, die Traurigkeit, die Angst. „Das war so toll mit Paul. Damals. Er kannte mich nicht. Wie ich früher aussah. Für ihn war ich eine coole Braut mit kurzen Haaren, die wild einfach alles im Leben macht, als gebe es kein Morgen mehr. ‚Was haben wir zu verlieren' war der magische Satz. Damit haben wir allesmögliche ausprobiert. Drogen, beim Sex, spontane Urlaube. Bis er irgendwann von einem Baby gesprochen hat. Dann hat er auch gesagt ‚Was haben wir denn zu verlieren Lou. Wir können es doch erstmal einfach drauf ankommen lassen und sehen wie es wird.' Ich konnte nicht sagen, warum ich es nicht darauf ankommen lassen kann. Zum einen, weil ich nichts gesagt hatte. Zwar nicht gelogen, aber eben über mich und meine Gesundheit auch nicht die Wahrheit gesagt habe. Und zum anderen hab ich mich geschämt. So wie im Film immer, wissen sie, der Satz ‚Bin ich denn dann noch eine richtige Frau?' Auf jeden Fall, so war das damals. Und bis heute habe ich nicht die Wahrheit gesagt." Wie bei einem typisch deutschen ‚so' hab ich mir mit den Händen auf die Oberschenkel geschlagen. Fehlt nur noch das ich ein ‚abgehakt' hinterher schiebe.

„Sie sprechen nur oberflächlich emotional über all das. Als wäre es gar nicht ihre Geschichte, sondern die einer anderen Person. Es muss sie doch fast ohnmächtig machen, darüber zu sprechen, dass sie eine sehr schlimme Krankheit hatten? Und dass sich ihr Lebensentwurf dadurch völlig verändert hat", fragt Kraus sehr sachlich. Der Es-tut-mir-leid Gesichtsausdruck ist weg. Jetzt schaut er auf seine besondere Art neugierig und beunruhigt.

Ich kann nur mit den Achseln zucken. „Weiß ich nicht. Ist ja auch alles schon eine Weile her.

Damals konnte ich die Gesichter, wie sie eben eins gemacht haben, nicht aushalten. Diese Sorge, dieses Mitleid. Unaushaltbar. Auch heute triggert es mich und ich will schnell über was anderes reden. Ich will niemandem zur Last fallen, wissen sie. Ich komm damit gut zurecht. Und abnehmen kann mir das ja sowieso niemand." Während ich das sage, komme ich mir schon wieder wahnsinnig undankbar und egoistisch vor. Ohne die Hilfe meines Bruders oder Evas hätte ich die Zeit niemals überstanden. Auch die Beziehung zu meinen Eltern war damals etwas besser geworden. Wir kamen uns nicht ganz wie wildfremde Menschen vor.

Die gesamte Situation macht mich jetzt nervös. Irgendwie ballen sich gerade sehr viele negative Gefühle in mir zusammen. Ich fange an, an der Haut neben meinem linken Daumennagel zu knibbeln. „Haben sie schon einmal, was von Dissoziation gehört?" unterbricht Herr Kraus mein Gefühlschaos. „Klingt wie Assoziation, also verbinden. Irgendwas mit dis, ist dann wahrscheinlich, ‚nicht verbunden'." „Stimmt!" Herr Kraus scheint beeindruckt von meiner Denkleistung und nickt anerkennend. „Unsere Psyche hat eine Art Schutzmechanismus. Immer wenn es etwas unaushaltbar erscheint, trennt sich das Fühlen vom Handeln oder Denken. In ihrem Fall kommt es mir so vor, als würden sie so rational über ihr Erlebtes sprechen, weil sie die Gefühle dazu nicht zulassen können." Ich mag diese indirekten Fragen nicht. Auch wenn es sein Job ist, genau das zu machen. Nämlich nicht meine Probleme zu lösen, sondern mich erst einmal darauf aufmerksam zu machen. „Was wollen sie denn hören. Dass das alles eine riesige ungerechte Scheiße ist. Und das nicht nur ich, sondern auch viele andere nicht mit Mitte zwanzig Krebspatientinnen sein sollten. Stimmt, das sollten wir nicht. Aber das bringt mich doch nicht weiter. Und ändern kann ich es auch nicht. Wenn sie eine Anleitung dafür haben, wie wir am besten Dinge akzeptieren, die wir riesengroße Scheiße finden, dann her damit." Ich bin richtig wütend geworden. Wobei eigentlich ist es keine Wut. Sondern Verzweiflung. Alle Gefühle auf einmal und man weiß dann nicht wo man zuerst fühlen und aufräumen muss. „Irgendwas schon mal leidenschaftlich nicht gut zu finden, ist doch ein Anfang. Es drückt ihre Emotionen aus. Und die sollten sie auf keinen Fall in sich begraben. Wissen sie, ich bin fest davon überzeugt, dass die mentale Gesundheit einen sehr großen Einfluss auf unsere physische Gesundheit hat. Gefühle, Ängste, Traumata, die wir in uns begraben, machen uns über kurz oder lang krank. In irgendeiner Form." Herr Kraus merkt inzwischen schnell, wenn ich kurz davor bin die Fassung zu verlieren. Wie jetzt, spricht er dann immer ganz ruhig und in wir-Form. Alle in einem Boot. Jeder hat das Problem. Das finde ich so gut an ihm. Nicht das Gefühl zu haben, die Einzige mit einem riesigen Chaos zu sein. „Und wenn sie mir die kurze persönliche Bemerkung erlauben. Sie sind eine Meisterin darin Dinge auszuhalten, die sie nicht gut finden. Und sich selbst und dass was für sie Glück bedeutet hintenan zu stellen. Je größer das Chaos, umso besser finden sie sich zurecht."

„WAS IST PASSIERT" – DER HAUPTGEWINN AUF DEM BODEN JEDER WODKAFLASCHE

Eva hat mir ein Video geschickt. Ein Typ erzählt in seinem Auto etwas über Selbstwert: „Eine Flasche Wasser kostet am Kiosk 1 Euro, in der Bahn 2 Euro und in einem Flieger 3 Euro. Der Inhalt bleibt der gleiche nur der Standort ändert sich. Also wenn du dich nicht wertgeschätzt fühlst, dann musst du woanders hin." Diese „friendly reminder" bei Instagram und Co, gehen mir ziemlich auf die Nerven. Mit einem Nervenkostüm so dünn wie ein Spinnennetz, schaue ich mir, seit ein paar Wochen, immer mehr davon an. Und na klar. Bildschirm an und Konsum von Schwachsinn, macht es auch leicht nicht über den eigenen, riesigen Misthaufen nachzudenken, in dem man gerade steckt.

Also ich bin eine Flasche. Hab ich verstanden, gehe ich mit. Und je nachdem wo ich mich gerade befinde, werde ich für besonders wertvoll oder für Standard empfunden. Mit Alkohol in der Birne glaube ich noch dreimal mehr daran.

„Danke Eva für diese bescheuerten Videos" tippe ich angesäuselt in mein Handy. Senden. Keine zwei Sekunden später klingelt mein Telefon. „Was ist los Schätzchen?" Selbst aus einer Vier-Wort- Nachricht hört diese Frau meinen Gemütszustand. „Isch glaube gerade das isch eine Flasche bin", nuschle ich ein bisschen. „Okay. Und was war vorher in der Flasche drin?" „Wodka. So vier kleine Gläschen vor. Äh voll meine ich." Hui, so langsam kommt der Fusel an. Nach der Sitzung heute war ich emotional völlig am Ende. Wer glaubt eine Therapie wäre etwas für schwache Nerven, ist völlig auf dem falschen Dampfer. Das wirkt nach, da hat man richtig dran zu kauen an so einer Sitzung. In meinem Chaos find ich mich nicht mehr zurecht. Der Schmerz über alles war vorhin einfach zu doll. „Eigentlisch wollte ich nur einen trinken. Schur Beruhigung. Das ging mir aber nischt schnell genug, also hab isch noch drei getrunken." „Und was genau ist passiert?" „Isch habe vom Krebs erzählt. Das isch keine Babys bekommen kann. Und das der Traum von meinem Leben schon lange geplatzt ist. Dann hat er gesagt, dass isch ja ganz schön viel aushalte ohne es nach auschen zu zeigen. Und dann war meine Ritterrüstung einmal von hinten aufgeknöpft. Weißt du. Ja du weißt das. Isch bin nicht immer so stark wie isch tue. Fake it till you make it." „Ach mein Herz", Evas Stimme ist lieb und fürsorglich. Fühlt sich für den Moment an wie ein Streichler über den Kopf. „Du musst gar nichts. Schon vergessen? Außer gesund bleiben vielleicht und jetzt nochmal ein Brot essen. Und dann ins Bett gehen. Der Tag heute war schon aufregend genug. Oder wie heißt es so schön: „Was ist passiert – der Hauptgewinn auf dem Boden jeder Wodkaflasche". Morgen früh sieht die Welt doch schon wieder ganz anders aus." „Aber es ischt doch erst um 8", kann ich locker behaupten. Denn im Winter in Hamburg ist es schon 14 Uhr so stockfinster, dass es auch 2 Uhr nachts sein kann. „Na und. Ist doch eh dunkel. Los, geh schlafen. Und nimm vorher noch eine Aspirin."

EIN HALBES JAHR SPÄTER.... EIN ALTER FREUND

„Hey, hier ist Tobi. Ist das noch deine Nummer?" Erscheint an einem Dienstag auf meinem Telefon. Tobias ist ein alter Freund. Oder anders gesagt ein alter Liebhaber. Wir hatten vor Jahren mal eine kurze, heiße Affäre, als er sich von seiner langjährigen Freundin getrennt hatte und ich gerade auf dem Sprung in ein Auslandsjahr nach England war. Wie lange ist das jetzt her? 12 Jahre vielleicht. Wir kannten uns vorher schon über unseren Freundeskreis. Und eines Abends nach einer Party, als er mich nach Hause gefahren hatte, habe ich ihn auf einen Absacker in meine Studentenbude eingeladen. Drei Monate später bin ich verschwunden. Drei Jahre später war der Kontakt eingeschlafen. Und selbst davor hatte man sich nur alibimäßig zum Geburtstag und zu Weihnachten eine kurze SMS geschrieben. Das alles fällt mir in wenigen Sekunden an diesem Dienstag wieder ein. Zu unmotiviert, um zu arbeiten und dankbar für die Ablenkung. Vier Wohnorte, zwei gescheiterte Beziehungen und zwölf Jahre nach unserem letzten Kontakt. Nun also diese Nachricht: „Hi hier ist Tobi. Ist das noch deine Nummer?" „Wenn du Louise schreiben wolltest? Ja, das ist noch meine Nummer. Was auch immer das über mich aussagt, nach zwölf Jahren noch die gleiche zu haben", schreibe ich zurück. Ein bisschen keck, aber nicht schnippisch soll es wirken, denn die große Frage ist: Was will er? Tobi war immer ein sehr treuer, sehr lieber Mann. Wenn auch nicht unbedingt der große Redner, außer es ging um Fahrräder und Technik. Auch nicht unbedingt der große Abenteurer, sondern meist sehr überlegt und selten impulsiv. Ein Ruhepol, wenn man so will. Pling Pling macht das Telefon auf meinem Bauch. Weil das Wetter so schön ist, habe ich heute mein Büro auf dem Balkon aufgebaut. Also eigentlich steht nur der Laptop auf den Tisch, zugeklappt, ausgeschaltet und kurz vor dem Hitzeschlag in der direkten Sonne bei 28 Grad im Juni. Ich lungere seit Stunden eigentlich nur auf meiner Bank rum und lasse mir die Sonne auf den Pelz scheinen. Sollte man ausnutzen in Hamburg, wenn sie mal scheint? „Oh cool, ich weiß gar nicht, die wievielte Nummer es von mir ist. Bei jedem neuen iPhone wurde es auch fast immer ein neuer Vertrag. Wie geht es dir? Wohin hat es dich verschlagen?" Aha Technik scheint also immer noch sein Ding zu sein.

Ich muss schmunzeln. Ob Tobi inzwischen aussieht wie ein kleiner Nerd, mit wenigen Haaren auf dem Kopf, wahrscheinlich sportlich. Oder ist er inzwischen Vater geworden. Mit ungewöhnlichen Arbeitszeiten, sodass keine Zeit mehr für Sport bleibt. Für seine stundenlang Radtouren, am besten quer durch den Wald, konnte ich mich nie begeistern. „Ich lebe in Hamburg, bin Übersetzerin geworden. Hier scheint heute die Sonne. Und dann kann es einem nur gut gehen. Und selbst? Wo lebst du? Und wie verdienst du jetzt deine Brötchen? Bestimmt nicht mehr als Barkeeper", tippe ich zurück. Die Mädels fanden ihn als Barkeeper in dem angesagten Laden, indem er damals gearbeitet hat, immer hot und haben ihm jede Menge Telefonnummern und Trinkgeld zugesteckt. Ob er diese Nummern gerade durchgeht und mal abcheckt, welche noch aktuell sind? „Nicht so misstrauisch Louise!" sage ich zu mir selbst. Aber gut, wer soll es mir schon verübeln, bei den Pleiten und Pannen mit Ole und Paul.

Über den Nachmittag erfahre ich in Nachrichten im Fünf-Minuten-Takt, dass Tobi Wirtschaftsmathematiker geworden ist und bei einer großen deutschen Bank richtig Karriere gemacht hatte. Über Jahre hat er unglaublich viel Geld verdient, dafür aber so gut wie nie Urlaub oder ein Privatleben gehabt. Vor zwei Jahren hat er von heute auf morgen alles hingeschmissen, eine lange Reise gemacht. Und inzwischen investiert er wohl sein Geld in innovative, nachhaltige Start-ups überall auf der Welt. Auch ein Fahrradbauer, der Räder aus Holz herstellt, ist dabei. Beziehungen scheint es einige kurze gegeben zu haben und bei seinem Umzug weg aus

Frankfurt nach Berlin vor ein paar Tagen ist ihm ein Foto von uns beiden in die Hände gefallen. Da ich schnell gemerkt habe, dass ich weder in Sachen Karriere noch mit einem halbwegs sortierten Leben auftrumpfen, sondern nur ein Gefühlskarussell wie im Freizeitpark anbieten kann, habe ich ein bisschen vom Beruf, Hamburg und alten Zeiten geschrieben. Muss ja nicht gleich mit der Tür ins Haus fallen, dass alle Männergeschichten seit ihm ein großer Reinfall waren. „Als ich unser Foto gesehen habe, ist mir sofort wieder dein ansteckendes Lachen eingefallen", ploppt es auf meinem Handybildschirm auf. Ich werde rot beim Lesen. Ein unerwartetes Kompliment und gleichzeitig irritierend. Was antwortet man denn auf so was? „Ja, ich konnte mit dir wirklich immer gut lachen." Klingt bescheuert. Stimmt aber auch. Tobi und ich hatten eine besondere Art von Humor, haben uns immer geneckt, bis einer von uns beiden „Miststück" gesagt hat, um zu zeigen, dass jeder weitere Kommentar einfach nur fies wäre. Während ich noch über die richtige Antwort nachdenke, streiche ich mir mit der Hand über die Stirn. Das zwiebelt ein bisschen. In dem Moment fällt mir ein, dass ich mich ja vor meinem stundenlangen Sonnenbad überhaupt nicht eingecremt habe. Ich muss schallend loslachen, als ich mein feuerrotes Krebsgesicht im Spiegel im Flur ansehe. Wie Rudolf the red nose reindeer leuchtet bei mir nicht nur die Nase, sondern der ganze Kopf. Mit einer dicken Schicht Quark auf dem Gesicht, das soll ganz gut gegen Sonnenbrand helfen und gegen das Schälen der Haut, sitze ich wenige Minuten später wieder auf dem Balkon. Inzwischen ist es Abend und etwas kühler geworden. „Musste eben doll lachen und du würdest dich auf dem Boden rollen, wenn du mich jetzt sehen könntest", schreibe ich an Tobi zurück und erzähle dann von meinem Quarkgesicht. „Wenn du deine rote Nase wieder vom Quark befreist, dann siehst du sicher aus wie ein Clown. Schick mal im Bild", kommt mit einem grinsenden Smiley zurück. Und ich kann mir vorstellen, wie sehr er dabei lachen muss. Selbst ich muss laut los pusten. Die Nachricht „Miststück" bekommt kurz darauf zwei blaue Haken. Wie viele Menschen sich wohl schon die Nase gebrochen haben, weil ihnen beim Einschlafen das Handy auf die Nase gefallen ist, frage ich mich gegen 23 Uhr, als etwas wie ein Steinen in mein Gesicht kracht. Gleichzeitig muss ich fluchen und lachen. Denn der Bildschirm ist in mein Quark beschmiertes Gesicht gefallen.

Natürlich auf die Bildschirmseite. Ich bin wohl eingenickt, hier draußen auf dem Balkon. Meine Beine sind ein bisschen steif, weil sie seit mehr als zwei Stunden in ein und derselben angewinkelten Stellung ausgeharrt haben. Jetzt kann ich sie kaum noch bewegen. Macht aber auch nichts, denn ich brauche einen Moment, um zu kapieren, wo ich eigentlich bin und warum genau diese weiße Masse in meinem Gesicht und auf meinem Handy ist. Nach ein paar Minuten habe ich mich sortiert, stehe auf, räume den Laptop, ohne ihn heute eine Sekunde benutzt zu haben, in die Wohnung. Im Bad wasche ich mir mein Gesicht vorsichtig, putze Zähne und käme mir noch einmal meine Haare. Mein neues Ritual zum Einschlafen. Das entspannt mich und der Körper bekommt das Signal, dass jetzt endlich mal Ruhe einkehrt. So hat mir das Herr

Kraus geraten. Beim aftersun auftragen, schießt es mir plötzlich im Kopf. „Sollen wir am Wochenende zusammen was essen gehen? In Hamburg. Scheint ja so, als würden wir uns noch gut verstehen." Das war die letzte Nachricht von Tobi, auf die ich eine Ewigkeit gestarrt habe und dabei eingeschlafen sein muss. Oder habe ich was geantwortet? Mit Quark-Cremeklumpen auf Stirn, Nase und Kinn renne ich ins Wohnzimmer. „Wo habe ich das Scheißding vor drei Sekunden hingelegt?" fluche ich laut und stoße mir vor lauter Hektik auch noch schmerzvoll den großen Zeh an den Metallbeinen vom Esstisch, auf dem ich das Handy entdecke. „Scheiße, verfluchte", hüpfe ich auf einem Fuß herum und versuche einhändig den Sicherheitscode für die Bildschirmsperre einzugeben. „Man könnte das ja auch alles in Ruhe machen,

Louise Flachs", ermahne ich mich selbst. Sollte ich eine Antwort geschrieben und abgeschickt haben, lässt sie sich jetzt eh nicht mehr zurücknehmen. Und das lässt sie sich auch wirklich nicht. „Y. O. K. X, C K, Leerzeichen, Leerzeichen, Leerzeichen" und die Emojis. Kaktus, Haken und Gespenst wurden vor 53 Minuten verschickt und gelesen. Eine Antwort darauf gab es nicht. Kurz überlege ich, die Situation aufzuklären, aber das hat auch noch bis morgen Zeit. Ich humple ins Schlafzimmer, der Zeh tut wirklich ganz schön weh, und mache das Licht aus. Und mit dem Gedanken, dass es irgendwie ein verrückter, aber sehr schöner Tag war, schlafe ich ein.

OHA, BERLIN

Ich fahre nach Berlin, um Tobi zu treffen. In erster Linie ist das ein Besuch bei einem alten Freund. Und wer weiß, vielleicht sehen wir uns in die Augen und wissen, dass wir doch schon immer die richtigen füreinander waren. Der Gedanke macht mich etwas kribbelig und aufgeregt. Tobi hat mir seine Adresse geschrieben, also treffen wir uns in seiner Wohnung. Um auf alles vorbereitet zu sein, habe ich vor der Abfahrt zu Hause noch mal geduscht und die Beine rasiert. Man weiß ja nie. Zum Frischmachen und Make-up auftragen habe ich ebenfalls alles dabei. Sollten wir gleich was essen gehen wollen, wäre ich ebenfalls vorbereitet. Zum Glück dauert die Zugfahrt nach Berlin nur zwei Stunden.

Nicht genügend Zeit, um sich noch tatsächlich in eine Vorstellung hineinzusteigern. In Berlin geht es mit der S-Bahn und U-Bahnen dann in einer knappen halben Stunde weiter nach Neukölln. Tobi ist in einen Pseudo-Altbau gezogen. Das Vorderhaus noch schicker Gründerzeitstil, das Hinterhaus im Neubau über vier Etagen hochgezogen. Er wohnt natürlich ganz oben, sieht aus wie ein Penthouse mit großer Terrasse. Auf mein Klingeln antwortet eine Frauenstimme mit einem „Hallo". Etwas irritiert brülle ich, wie man das an Gegensprechanlagen nun mal so macht. „Ich bin Lou und mit Tobi Berger verabredet." Kurz kann ich ein ebenso irritiertes „Tobi hier ist eine Lou für dich hören. Dann geht auch schon die Tür auf. Und dann kommt auch schon ein „in den vierten Stock". Mit dem Fahrstuhl habe ich nicht viel Zeit, um mir Gedanken zu machen. Der erste ist: ich habe eine falsche Adresse. Aber wie groß ist die Wahrscheinlichkeit, dass es zwei Männer mit dem gleichen Namen gibt? In Berlin vielleicht. Aber das müsste ein riesiger Zufall sein, wenn mir Tobi ausgerechnet dessen Adresse gegeben hätte. Bling macht es und die Fahrstuhltür öffnet sich. Vor mir steht mein Tobi, also der den ich kenne. Noch bevor ich ein „Hallo" sagen kann, kommt er ganz nah an mein Ohr und flüstert ganz leise, schnell, ganz unfassbar schnell. „Es tut mir so leid. Ich wusste nicht, dass sie kommt. Eigentlich ist es aus. Wir sind beide nicht mehr glücklich. Aber irgendwie glaubt sie, Berlin könnte ein neuer Anfang sein." Ich stehe auf dem Schlauch. „Von wem reden wir hier eigentlich?" Der Weg vom Fahrstuhl bis zur Wohnungseingangstür ist nur vier Schritte. Die haben wir hinter uns gebracht. „Von meiner Frau", kann er noch zwischen den Zähnen zischen, bevor sie die angelehnte Tür weiter aufmacht. „Tobias, wer ist das?" fragt die circa 1,70m große, schlanke, bildschöne Brünette mit einer leicht aufgeregten und etwas zu hohen Stimme. „Ääh. Das ist Luise Flachs", antwortet er und sieht mich hilfesuchend an, während er mich mit einer Hand auf dem Rücken in die Wohnung schiebt. Aus welchem Reflex auch immer strecke ich der Frau meine Hand entgegen. Mit den Worten „Hallo, ich bin Paartherapeutin. Und ihr Mann meinte sie haben einige Probleme, bei denen ich vielleicht helfen könnte." Tobi fallen fast die Augen aus dem Kopf. Doch als seiner Frau ein kleines Lächeln übers Gesicht huscht, schiebt er mich noch ein Stück weiter voran. „Das müssen wir ja nicht im Treppenhaus besprechen", meint er und hinter uns geht die Tür zu. Die Wohnung ist groß, offen und hell. Minimalistisch, skandinavisch eingerichtet, würde ich sagen. „Mein Schatz. Ich wusste ja nicht, dass dir das genauso wichtig ist wie mir", flüstert Tobis Frau ihm halb ins Ohr, während wir etwas betreten nebeneinander an der Eingangstür stehen. Ich gucke auf meine Schuhe und meine übergroße Schopper- Handtasche, die auf Kniehöhe baumelt. Bin ich froh, dass ich keinen Koffer dabeihabe. „Entschuldigen Sie, ich habe mich gar nicht vorgestellt. Mein Name ist Isabel. Kommen Sie doch rein! Wir setzen uns wahrscheinlich am besten aufs Sofa. Kann ich Ihnen was anbieten? Kaffee, Wasser?" reißt mich Ihre Stimme aus meinen Gedanken. „Beides. Sehr freundlich", sage ich und lächelt Isabel hinterher, während ich mich auf ein sehr flaches, grünes, Zweiersofa setze, das im rechten Winkel zu einem Dreiersofa in derselben Farbe und Form steht. Mein hellgrünes Bleistiftkleid rutscht ein Stück zu weit nach oben, als ich in den Polstern versinke und meine Tasche auf den Boden stelle. „Du muss das nicht machen. Noch kannst du sagen, du hast einen Anruf bekommen und einfach gehen", flüstert Tobi mir zu. Seine Augen sagen das Gegenteil und wandern auf meine Knie und die hautfarbenen Nylonstrumpfhosen. Ungelenk versuche ich mein Kleid zurecht zu ziehen. Ich bin in der ganzen Situation noch ganz und gar nicht angekommen. Also sage ich nichts, lege meine Hände auf meine Oberschenkel und bewege mich keinen Zentimeter mehr. Wie angewurzelt sitze ich da. Das Brummen einer Kaffeemaschine im Hintergrund ist verstummt.

LETZTE SITZUNG – SIE SIND EIN PARADIESVOGEL OHNE PARADIES

„Ich habe wieder eine Nachricht von ihm bekommen. Das kommt mir vor wie ein Schachspiel aus der Ferne und ohne den Gegner wirklich zu kennen. Zwei Frauen wollen den gleichen Mann und jede hat ihre Strategie, um das zu erreichen. Meine ist keinen Druck. Er muss eine Entscheidung fällen, wenn er weiß, was er für sich will, um glücklich zu sein. Ihr Move, ihm eine offene Beziehung vorzuschlagen. Kluge Frau. Und gleichzeitig ist es wohl aus letzter Verzweiflung entstanden. Zu viel Angst vor dem Neuen haben. Dem, ohne ihn sein zu müssen. Also das "biete ich ihm Freiheit

Prinzip". Er geht, betrügt sie mit Ansage. Doch sie kann sich sicher sein, er kommt zurück. Was bedeutet das für mich? Ein Dreieck. Und Dreiecke sind nicht meine Form. Um was ist das eigentlich für ein doofer Gedanke. „Ohne Druck warten, bis er weiß, was ihn glücklich macht." Jetzt warte ich also, bis jemandem einfällt, dass er mich mag. So ein Schwachsinn. Louise derjenige, der dich gut findet und der der richtige ist, muss keine drei Sekunden nachdenken, ob er dich sehen will. Vor allem, denken kann man Liebe doch nicht. Die lässt einem keine andere Wahl als die Nähe zum Liebsten zu suchen. Ich verstehe nicht, was er von mir will. Mit mir zusammen sein kann er nicht. Aber nichts von mir hören und kein Teil meines Lebens sein, will er auch nicht. Aber wir sind doch keine Freunde, zumindest aus meiner Sicht nicht. Denn ich

weiß nichts von ihm oder zu wenig. Seine Lieb-
lingsfarbe ist grün und sein Sternzeichen ist
Löwe. Aber das reicht auch nicht für eine
Freundschaft. Da geht es doch um viel mehr.
Um Gefühle zeigen. Hin oder her. In einer
Freundschaft muss man auch darüber reden
können. „Ich bin wieder allein", hat mir Tobi am
Telefon gesagt. Inzwischen bin ICH gerne allein.
Kann mich richtig gut aushalten. Tobi offenbar
nicht. Aber ein Zusammensein hält er auch nicht
aus oder zu mindestens nicht richtig. Keine Beziehung, wie ich sie mir vorstelle. Da gibt es kein
„oh, guck mal in den Kalender, wann wir uns
das nächste Mal sehen können." Und auch kein:
„irgendwie willst du so bedingungslos sein, wie
kannst du dir denn da so sicher sein, dass es
klappt?" Das kann ich nicht, habe ich geantwortet. Aber wenn man es gar nicht erst auf einen

Versuch ankommen lässt, scheitert man doch schon, so oder so. In der Liebe gibt es keine Garantie. Wenn man die will, muss man sich einen Toaster kaufen. Das ist doch so ein schöner kecker Spruch, der sonst auf Tassen gedruckt wird. Und wie eine olle Souvenirtasse komme ich mir jetzt auch vor. Um kurz in den alten Erinnerungen zu schwelgen und ein wohliges Gefühl der Vertrautheit zu geben, bin ich offenbar gut genug. Doch für die neue Lieblingstasse reicht es nicht. Und es ist doch eine schöne, bequeme Lösung in der verzwickten Lage, in der er steckt. Auf der Suche nach einer neuen Frau braucht er erst mal nicht gehen und die Ehefrau kann er auch noch behalten. Tobi bekommt einmal alles und noch Freibad-Pommes obendrauf. So läuft es aber nicht. Zumindest ist für mich nicht mehr. So einen Mann hatte ich schon und das verdammte Dreieck. Langsam tut mir schon der Kiefer weh. So sehr beiße ich bei jedem einzelnen Gedanken daran, meine Zähne knirschend zusammen. Mich muss man wollen, nicht nur halb, sondern ganz. Und wenn dabei einmal alles verlorengeht, dann ist das so. Was soll's beziehungsweise was genau geht denn verloren bei einer Scheidung? Ja, schon ärgere ich mich wieder darüber, dass ich inzwischen bei Google eingegeben habe. Scheidung, Vermögen. „Aber was geht dich das denn alles an Louise", sage ich mir mal wieder laut selbst. Und es geht mich nichts an, dass er gerade allein ist. Und es geht ihn gefälligst nichts an, dass ich allein bin."

Herr Kraus nickt anerkennend. „Ich sehe das Potenzial in da. Sie sind ein Paradiesvogel, nur noch ohne Paradies. Aber das kommt jetzt." Das ist der letzte Satz heute, weil ich ihm gesagt habe, dass ich nicht mehr wiederkommen werde. Erst mal sehen, wie das geht. Immerhin war ich fast ein Jahr jede Woche einmal hier. Habe einem Wildfremden mein Herz und meine Seele ausgeschüttet. Jetzt mache ich mich auf die Suche nach meinem Paradies. Sollte ja nicht so schwer sein, das zu finden? Immerhin weiß ich, was ich will. Einen Mann, der seine Augen und Hände nicht von mir lassen kann. Einen Vater für meine Kinder, einen Partner in Crime. Jemand, der mir jeden Tag das Gefühl gibt, ein wunderschöner, orangefarbener Paradiesvogel zu sein. Mein Orange. Mein Feuer und meine Kraft.